www.mayabooks.co.kr

www.mayabooks.co.kr

재벌집 망나니 7대독자

재벌집 망나니 7대 독자 ③

지은이 | 앤서
펴낸이 | 권순남
펴낸곳 | (주)마야 · 마루출판사

등록 | 2008. 1. 7 (제310-2008-00001호)

초판 인쇄 | 2020. 1. 21
초판 발행 | 2020. 1. 28

주소 | 서울시 노원구 상계 1동 1049-25 신영산업 BD 602호
대표전화 | 02-2091-0291
팩스 | 02-2091-0290
이메일 | marubooks@hanmail.net

ISBN | 978-89-280-7640-6(세트) / 979-11-368-0094-7
정가 | 8,000원

잘못된 책은 교환하여 드립니다.
저자와 협의하여 인지를 붙이지 않습니다.

「이 도서의 국립중앙도서관 출판시도서목록(CIP)은 서지정보유통지원시스템 홈페이지(http://seoji.nl.go.kr)와 국가자료공동목록시스템(http://www.nl.go.kr/kolisnet)에서 이용하실 수 있습니다.」
(CIP제어번호:CIP2020002032)

MAYA&MARU MODERN FANTASY STORY

재벌집 망나니 7대독자

앤서 현대 판타지 장편소설

❖ 목 차 ❖

제1장. 옵션 쇼크 (2) …007

제2장. 원대한 꿈 …035

제3장. SD텔레콤 인수 …063

제4장. 동일본 대지진이 남긴 것 …119

제5장. 청문회 …161

제6장. 길들이기 …229

제7장. 보이지 않는 국가 (1) …287

재벌집 망나니 7대독자

*이 소설은 픽션입니다. 모두 허구임을 알려 드립니다.

제1장

옵션 쇼크 (2)

재벌집 망나니
7대독자

이진은 비밀리에 존 미첨을 다시 불러들였다.
무엇보다 보안이 가장 중요시되는 일이었다.
"너무 자주 오가시죠?"
"그럼 제가 한국에서 근무할까요?"
이진의 말에 존 미첨이 농담을 했다.
"당분간만 그래 주세요. 가지고 오셨죠?"
"예."
존 미첨이 가방에서 서류를 꺼내 탁자 위에 올려놓는다.
"총 자산이 얼마나 돼요?"
"대략 1조 유로를 약간 상회합니다."
"생각보다 많네요."

많다. 그것도 너무.

1조 유로면 거의 1,000조 원이다.

기록에서 읽은 아버지 이훈의 글이 떠오른다.

〈우리가 생각하는 것보다 세상에 돈은 훨씬 많다. 단지 누군가가 그걸 움켜쥐고 있어 모를 뿐.〉

"부채도 포함되어 있고 고정 자산도 포함되어 있으니까요. 한데 도이치 뱅크는 어째서……."

"한번 인수해 볼까 해서요."

"예? 그러실 거면 차라리 골드만삭스가 낫지 않겠습니까?"

존 미첨은 놀라면서도 자신의 의사를 분명하게 피력했다.

맞다. 골드만삭스가 훨씬 수월하다.

그러나 골드만삭스를 사서 얻을 수 있는 것은 돈밖에 없다.

돈도 중요하지만 다른 것도 얻어야 하는 거래였다.

이진은 존 미첨에게 개요를 설명했다.

"그러니까 다음 옵션 만기일에 도이치뱅크가 주식을 1조 6,000억 원 정도 순매도할 거란 말씀이시죠?"

"예. 그것도 동시 호가 시간에요."

"그럼 저희가 가진 4대 기업의 주가도 상당한 평가 손실을 입겠네요."

"맞아요. 그래서 이참에 지분을 더 확보하고 도이치뱅크에게 좀 부담되는 상황을 만들어 볼까 해요."
"도이치뱅크는 도대체 왜?"
존 미첨은 어이가 없다는 표정이었다.
도이치뱅크가 말이다.
만약 이진의 말대로 된다면 그건 절대로 정상적일 수 없는 거래가 된다.
"나도 이해가 가지 않는 부분이 있어요. 어쩌면 홍콩 지점 트레이더들 몇의 일탈적인 베팅일 수도 있겠지만……."
"파생만 고려한다면 그렇겠지요. 하지만 주식을 동시 호가에 그 정도 판다는 것은 본사의 승인이 없으면 쉽지 않은 일일 겁니다."
"그렇죠?"
이진의 생각도 그렇다.
보이지 않는 무엇이 있음이 분명했다.
그러나 그 보이지 않는 무엇은 전혀 드러나지 않는다.
빨간 펜으로 확인한 이후의 일들.
도이치뱅크가 대략 1조 6,000억 원의 물량을 쏟아 내자 프로그램 매도 물량이 따라 나왔다.
프로그램 물량은 정해 놓은 가격에 접근하면 자동적으로 나온다.
사건 발생 직후 금융감독원과 한국거래소는 매물 폭탄의 주동자를 찾기 위해 특별 조사에 착수했다.

사실 이것도 좀 아이러니한 일이 아닐 수 없었다.

그래서일까?

서울중앙지검은 2011년 8월 21일 도이치은행 홍콩 지점 임직원 4명을 불구속 기소하고 이들이 거둔 시세 차익 448억 원을 압수했다.

그런데 그 이후가 볼만하다.

재판은 지연되었고, 몇 년 후에야 나온 결과는 한국 도이치은행 지점장 징역 5년, 그리고 벌금 15억 원이 고작이었다.

그것도 박주운의 기억에 항소심이 진행되는 중이었다.

사실 내 거 내가 팔겠다는데 그걸 법으로 막겠다는 것은 자본주의 원칙에 위배된다.

여론에 밀린 한국 정부는 이것저것 걸어 볼 수밖에 없었을 것이다.

그러나 재판만 차일피일 길어질 뿐 책임이 누구에게 있는지, 그 책임은 합당한 것인지조차 제대로 가려지지 못했다.

"일단 TRI 자금으로 도이치뱅크 지분을 좀 더 확보하죠. 지금 몇 퍼센트나 보유하고 있죠?"

"약 4.8퍼센트입니다."

"그럼 1조 유로 중 우리 돈은 480억 유로 정도 된다고 보면 되겠네요."

"하하하! 너무 단조로운 계산법이십니다."

존 미첨이 이진의 답이 너무 단순함을 지적했다.

"알아요. 어쨌든 스케일을 크게 가져가야 해요. 그렇지 않으면 이건 하나 마나 한 일이니까요."

돈이 없는데 억지로 인수를 하려 한다면 도이치뱅크가 가진 부채며, 자산 현황들을 낱낱이 확인해야 한다.

그러지 않으면 괜히 돈만 들였다가 큰코다칠 수 있다.

그러나 만약 충분한 돈을 가지고 확실히 인수를 하려면?

디테일은 빼야 한다.

"TRI로 지분을 더 확보할까요?"

"천천히 확보하세요. 일상적인 거래여야 해요."

"예, 알겠습니다. 하면 혹시 옵션 만기일에……."

존 미첨이 묻는다.

"그건 제가 직접 진두지휘하죠. 적어도 옵션 매도 손실이 1조 원은 넘어야 해요. 그래야 도이치뱅크 이사진이 현 경영진에 책임을 묻겠죠?"

"그래도 쉽지 않을 것 같은데요."

"당연하죠."

도이치뱅크 인수는 정말 쉽지 않은 일.

테라의 드러난 재산을 다 쏟아부어도 바로 살 수는 없다.

완벽한 인수를 위해서는 부채를 포함한 자산 총액만큼의 돈이 있어야 하기 때문이다.

그래도 안 판다면 그만.

합당한 조건을 만들어 내야 한다.

대주주의 지위를 얻어 경영진을 교체하는 것이 가장 확실한 방법.

우호 지분도 상당히 있었다.

"여기 일은 내가 베이징하고 도쿄 루트를 이용해 끝낼 거예요. 그럼 적어도 우리가 나선 것은 알려지지 않겠죠?"

"예. 그럴 겁니다. 만약을 대비해 와타나베가 도쿄를 맡아 주고, 베이징은 회장님께서 직접 시진핀에게 양해를 구한다면……."

"그 정도야 해 주겠죠. 자기들 일도 아닌데."

"그럴 겁니다."

"좋아요. 그럼 보안 유지하고 팀을 조직하세요. 팀 내부의 일은 절대 밖으로 새어 나가면 안 됩니다."

"예, 회장님!"

존 미첨이 미팅을 마치고 물러났다.

11월의 첫날.

이진은 한영임의 방문을 받았다.

이진은 묵묵히 그녀의 말을 듣지는 않았다.

"성산전자가 테라에 넘어가면서……."

"정확히 말하자면 이제는 한영전자에 넘어간 거죠. 그리고 우린 지주회사이지 경영에 관여 안 해요."

이진은 먼저 부정확성을 지적했다.

"그렇게 말씀하시면 누가 믿어 주나요?"

"다른 사람들이 믿어 주든 안 믿어 주든 그게 중요한가요?"

"그럼요?"

"내가 정말 그렇게 하는지 아닌지가 중요한 거죠."

"아무튼 그렇다고 하죠. 어쨌든 그 이후에 이재희가 엄청 화를 냈어요."

"왜요?"

이진이 물었다.

사실 그 부분은 딱히 궁금하지도 않았다. 만식이가 열을 냈거나 아니면 전자를 빼앗긴 분에 못 이겨 그랬을 수도 있으니까.

두 부자는 기차 화통을 삶아먹고 사는 인간들.

그런데도 왜냐고 물었다.

"처음 며칠은 괜찮아하더라고요. 돈으로 따지자면 받은 것이 만만치 않다나? 뭘 주셨어요?"

여우다.

저런 여우를 왜 그때는 몰랐을까?

"그건 서로 비밀이라……. 좋아하던 이재희가 왜 화를 냈을까요?"

"얼마 후 CU에서 연락이 왔대요. 준회원 자격을 박탈한다고요."

"그 말은 이재희가 CU의 준회원밖에 안 되었단 말이에요?"

"예. 저도 처음 알았어요."

"흠! 돈값을 못하시네."

이건 좀 의외다.

그래도 성산은 전자가 포함되어 있을 때는 늘 글로벌 100대 기업 안에 속했다.

그리고 그런 성산의 당연한 상속자가 이재희.

그렇다면 CU 멤버는 적어도 글로벌 100대 기업 안쪽에는 있다는 말이 되나?

"그래서요?"

"바로 정회원 자리에 오르기 직전이었다나요? 그런데 전자를 빼앗기면서 준회원 자리도 잃게 되었다고……."

"그래서 CU가 뭐예요?"

"말씀해 드리면 전에 약속하신 서류에 사인해 주시는 거예요?"

"물론이죠."

이진은 한영임의 말에 화답했다.

당연히 부실 자산이니 망설일 이유가 없다.

그리고 한영임처럼 욕심이 많은 사람은 절대 가진 걸 손에서 놓지 못한다.

결국 제 살까지 깎아 먹다가 놓치고 말 것이 분명했다.

그럼 또 적선하는 셈치고 인수해 주면 되고.

"콘체른 유니온의 약자래요."

콘체른(Concern)의 C.

유니온(Union)의 U.

이 2개의 합성어란 말이었다.

'그건 아니지.'

이진은 이것이 배후 조직의 실체는 아니라는 걸 바로 알 수 있었다.

그러려면 CU가 아닌 KU가 되어야 한다. 콘체른을 사용할 때는 일반적으로 'Konzern'이라고 표기하기 때문이다.

다른 뜻이 있거나, 혹은 다른 의미일 수도.

그러나 분명한 것은 그게 C든 K든 간에 재벌과 관련이 있다는 것이었다.

이중적인 의미로 해석하면 재벌들의 연합일 가능성이 높다.

누가 회원이냐가 문제일 것.

그리고 'See You'의 은유적인 표현일 수도 있다.

널 지켜본다는 의미로 말이다.

어쩌면 세상을 다 지켜보고 있다는 의미일 수도 있다.

어쨌든 이건 분명히 재벌가 3세대의 연합일 것이다.

그게 아니라면 만식이가 회원이어야 하니 말이다.

그래서 이재희가 준회원이 되었을 것이다.

그러다 성산전자를 잃게 되자 자격을 상실하게 된 것.

자격 미달이 되었다는 뜻일 것이고?

그렇다면 서로 이익에 관한 정보를 공유하거나 나누어 가지는 조직일 것이다.

방해자도 공조해 제거할 것이 분명했다.

'나도 재벌 2세는 아니고……. 3세일 텐데 왜 연락이 없었을까?'

이 또한 엉뚱한 생각이다.

적이니 당연히 연락할 이유가 없었을 것이다.

"정보가 너무 빈약하네요."

"이제 와서 딴소리하세요?"

이진의 말에 한영임이 발끈했다.

그러나 이대로 원하는 것을 줄 수는 없었다.

좀 더 이용해 먹어야 한다.

"내 말이 틀리지 않잖아요. 세상에 콘체른이 한둘도 아니고, 더구나 C인지 K인지 분간이 안 가잖아요."

"……."

한영임이 입을 다물었다.

"좀 더 조사 좀 해 봐요. 이만식 회장 일가에 아주 값나가는 자산을 안겼어요. 아마 뜯어먹을 게 좀 생길걸요?"

"……."

말없이 쏘아보는 한영임.

이진은 봉투를 하나 내밀었다.

"우선 활동비예요. 카드도 들었으니 사고 싶은 것도 사고요. 만날 받지만 말고 선물도 하고 그래 봐요."

"그럼 어디까지 알아보면 이 서류가 내 것이 돼요?"

"정확한 이름이요."

"좋아요. 이번이 마지막이에요."

한영임이 찬바람을 일으키며 자리에서 일어난다.

챙길 건 다 챙겨서.

이진은 문까지 열어 주며 배웅을 했다.

분명 이재희는 해외로 나갈 때 한영임을 대동할 것이 분명했다.

저만한 외국어 실력을 갖춘 비서를, 그것도 믿을 수 있는 사람을 찾기 힘들 테니까.

그럼 한영임은 그곳에서 자기 돈이 아닌 테라 카드를 긁을 것이다.

그걸로 이재희가 누굴 만나고 무얼 했는지 알아볼 생각이었다.

카드는 이미 전 과장에게 등록된 상태.

한영임이 나가자 이진은 CU에 대해 다시 생각했다.

개인적인 직감으로는 지켜본다는 쪽으로 기운다.

'널 지켜보고 있으니 잘하란 말인가? 대체 어떤 모임일까?'

궁금했지만 기다리는 수밖에는 없었다.

대체적으로 옵션 만기 전주 금요일이면 기관들의 공방은 마무리된다.

기관과 외국인들이 서로 유리한 포지션으로 주가를 이끈 후 합의를 보는 것이다.

물론 합의서 같은 것은 없다.

서로 이 정도면 이익이 충분하다는 선에서 가격이 형성되면 암묵적인 합의가 이루어진다.

대체적으로 만기일 전주 목요일이나 금요일이 많다.

그러고 나면 만기까지 남은 4일 동안은 가격을 올렸다 내렸다 한다.

왜 그럴까?

만기 날에 손해 날 포지션을 비싼 값에 처분하기 위해서다.

그걸 보면 개인 투자자들의 마음은 요동친다.

자기 포지션을 믿다가 깡통이 되는 결말을 맞거나 운발을 신봉하며 가치 없는 행사가의 옵션들을 넙죽넙죽 받아먹는다.

그게 전부다.

주식 시장에 무언가 대단한 것이 있을 것이라고 착각하

는 사람이 있다면 그건 그 사람이 초보라서 그렇다.
 박주운의 경우도 파생상품 트레이딩에 나선 적이 있었다.
 성산의 사위가 되었는데도 할 일이 없자 돈이라도 벌어 보자고 나섰었다.
 데이트레이딩이 주였는데 늘 손실을 봤다.
 그러나 기록을 보면 이진은 지금까지 단 한 번도 손해를 본 적이 없었다.
 이진이 손해를 보지 않은 이유는 아주 간단했다.
 가장 기본적인 원칙을 철저하게 지킨다는 것이었다.
 거래에 들어가기 전에 반드시 목표가와 손절가를 정한다.
 그리고 목표가에 도달하면 예외 없이 청산에 들어가는 것이다.
 단 한 번도 어긴 적이 없다.
 그러나 일반적인 투자자들은 그렇게 간단한 것을 하지 못한다.
 목표가에 도달해도 팔지 못하는 경우가 대부분이다.
 탐욕이 들끓기 때문이다.
 자신이 가지고 있는 주식이 날개를 달 것 같은 기분에 사로잡힌다.
 손절가에 도달해도 마찬가지다.
 잠깐 이익을 얻었을 때 계산해 두었던 평가 이익도 손실에 포함시킨다.

손실은 눈덩이처럼 커진 것처럼 보인다.

조금만 더 기다려 보자며 버틴다.

그러나 가격은 좀처럼 오르지 않고 더 밑바닥으로 떨어지게 마련이다.

이런 극단적인 심리 상태로 개인 투자자들을 이끄는 것이 바로 기관과 외국인 투자자들이 코스피 시장에서 만기 전에 하는 일이다.

개인 투자자들이 버티지 못하게 롤러코스터를 타듯 위로, 아래로 흔들어 놓는다.

그러나 이미 가격은 정해져 있고 제자리로 돌아간다.

가끔 예외일 때가 생기는데, 그때가 바로 도이치뱅크가 옵션 쇼크를 일으킨 2010년 11월 11일 같은 날.

이진은 2010년 11월 1일부터 움직이기 시작했다.

코스피 시장에서 움직인 것은 아니다.

뉴욕, 상하이, 그리고 일본에서 각각 도이치뱅크의 주식을 공매도하기 시작했다.

사는 것이 아니라 팔기 시작한 것.

매일 일정 분량씩 공매도를 했다.

그러나 시장에 영향을 주는 정도는 아니었다.

그렇게 8일 정도 공매도를 진행하자 그 금액은 10억 유로에 달했다.

도이치뱅크의 자산은 1조가 넘지만, 시가 총액은 고작해야 200억 유로 정도.

한국 돈으로 20조 정도에 불과했다.

이진은 시가 총액의 5퍼센트 가까이를 공매도했다.

그리고 11월 11일 아침이 밝았다.

이진은 일찍 테라 코리아 사옥에 미리 설치해 둔 상황실로 출근했다.

아침 7시 30분.

미리 조기 출근을 지시했기에 상황실에는 존 미첨의 팀원들이 모두 나와 대기하고 있었다.

보안을 철저히 유지하기 위해 팀원들은 폐장 시간까지 밖으로 나갈 수 없었다.

모든 통신 기기 반입이 금지되었고, 점심 역시 보안팀의 조사를 거친 후 반입해 실내에서 해결할 예정이었다.

"준비는요?"

"예. 지시하신 대로 만약의 사태를 대비해서 네 군데에 각각 5조 원을 입금 완료하고 주문 대기 상태입니다."

이진의 질문에 존 미첨이 상황판을 가리켰다.

며칠간에 걸쳐 이미 즉시 주문이 가능하도록 자금을 투입해 둔 것이다.

모두 16명의 직원들이 배치되었다.

짝짝.

이진이 박수를 쳐 직원들의 시선을 모았다.

"오늘 여러분은 코스피 지수 방어에 나설 겁니다. 우리가 최대 주주인 4대 기업의 주가 방어선은 이미 정해져 있어요."

전광판에 '한영테라 전자'로 이름을 바꾼 옛 성산전자를 비롯해 로테 유통, LD생활건강, 현도 자동차의 어제 종가가 떴다.

시가 총액 30퍼센트에 살짝 못 미친다.

무엇보다 선결해서 방어해야 할 주식이었다.

"어제 종가 보이시죠. 어제 종가를 방어할 겁니다. 이유 여하를 막론하고 매물이 얼마가 나오든 간에 무조건 방어합니다."

"결제를 안 하시겠단 말씀이십니까?"

"결제는 지금 하고 있네요."

이진이 한 직원의 질문에 웃으며 대답했다.

돈이 얼마가 들든 방어를 하라는 말이었다.

"그리고 B팀은 나머지 코스피 200종목 방어에 나섭니다."

"나눠 주신 가격에만 매집합니까?"

한 직원이 질문에 나섰다.

"예. 시장에 영향을 주지 않도록 정해진 가격 아래로 내려가면 매집하면 됩니다."

모두 전문 트레이더들.

그다지 어렵지 않다는 표정들이었다.

존 미첨이 나섰다.

"오늘 개장하면 종합주가지수는 1,960선에서 등락을 거듭할 겁니다. 거기서 밀리지 않도록 신중하게 움직이세요."

존 미첨의 당부에 이어 이진이 다시 설명을 했다.

"나머지 지시는 점심을 먹고 나서 전달하겠습니다."

누군가 주가를 끌어내리려 한다는 것은 다들 눈치챈 모양.

주가를 방어하는 건 그렇다 치고, 그다음은 무엇을 하려는 것일까?

직원들은 잠시 의아해하는 표정이었지만 곧바로 자신들의 자리로 돌아갔다.

늘 그랬듯이 회사에서 내리는 지시를 준수하는 것이 이들의 일이었다.

오히려 긴장한 것은 이진.

시가 총액으로는 많지 않지만 자산 총액 1조 유로의 대형 은행을 인수하기 위한 가장 중요한 첫걸음을 떼는 순간이었으니까.

09:00.

개장과 동시에 종합주가지수는 큰 변동을 보이지 않았다.

외국인 투자자들이 현물 주식을 순매수하고 있었다.

옵션 만기에 나오는 프로그램 매도 물량을 받아 내기에는 충분해 보였다.

오전장 내내 옵션 만기에 따른 프로그램 공방이 이어졌다.

그렇게 12시.

이진 역시 다른 직원들과 함께 도시락을 먹으며 모니터링을 계속했다.

점심시간도 지나고 오후 2시 31분이 되었다.

중앙에 설치된 선물 HTS가 급격한 움직임을 보이기 시작했다.

존 미첨이 이진에게 설명을 했다.

"선물과 연계된 프로그램 매물이 나온다는 공시가 떴습니다."

도이치뱅크를 포함한 기관 투자자들이 천천히 공세에 나선 것이다.

잠시 다시 공방이 계속되었다.

1분이 마치 1시간처럼 느껴졌다.

이진도 그랬지만 무얼 하려는지 정확히 아는 존 미첨 역시 입술이 마르는 모양이었다.

그리고 곧 행동해야 할 시간이 왔다.

2시 50분.

모든 전광판의 시세가 움직임을 멈췄다.

코스피 시장이 동시 호가에 들어간 것이다.

현란하게 움직이던 시황판은 마치 고장이라도 것처럼 고요했다.

별다른 상황은 벌어질 것 같지 않았다.

그러나 14시 56분 30초.

"지금쯤 외국계 창구에서 풋옵션 대량 매수, 콜옵션 대량 청산으로 인해 프로그램 매도 물량이 급격히 쏟아져 나오고 있을 겁니다. 말씀대로라면요."

"좋아요. 시작합시다."

존 미첨의 말에 이진이 스타트를 알렸다.

불과 2분 사이에 처리해야 하는 일이다.

댕댕댕.

미리 약속해 둔 종소리가 울려 퍼지자 상황실 직원들이 대기하고 있던 주문을 일제히 전송했다.

14시 58분.

모두가 임무를 완수했다는 신호를 보내왔다.

모든 주문이 완료되었다.

정확히 예정되었던 시간에 테리가 동원한 창구들에서 대형 매수 주문이 쏟아져 나간 것이다.

대부분이 상한가 주문이었다.

불과 2분의 시간이 남아 있을 뿐이었다.

그리고 3시 정각이 되자 숨 막히는 정적이 쏟아졌다.

드디어 코스피 종합주가지수 종가가 나타났다.

[KOSPI 2049.88]

[KOSPI200 285.44]

숨소리조차 들리지 않았다.

그러나 아직 끝난 것이 아니었다.

마지막에 집중된 주문이 처리되려면 시간이 좀 더 필요했다.

존 미첨은 침을 꿀꺽 삼켰다.

이진 역시 입이 마르기는 마찬가지였다.

15시 03분.

존 미첨이 나직하게 입을 열었다.

"끝났습니다, 회장님!"

"그래요. 브라보!"

그제야 긴장했던 직원들은 무엇인지는 모르지만 목표가 달성되었음을 확인하고는 환호성을 터트렸다.

"수고들 많으셨어요. 특별 수당 지급하고 휴가도 주세요. 여러분이 오늘 한국 주식 시장의 역사를 썼습니다."

이진이 그렇게 말하자 모두 일어나 박수를 쳤다.

"후우! 회장님, 정말 대단하십니다. 그럼 저도 오늘 좀 쉬나요?"

존 미첨이 엄살을 부렸다.

"그건 좀 어렵겠네요. 오늘 밤에 공매도한 도이치뱅크

주식 거두어들여야지요."

"역시 그렇군요. 훈훈한 밤이 될 것 같습니다, 회장님!"

존 미첨의 윙크에 이진은 하이파이브로 화답했다.

원래대로라면 2010년 11월 11일 당일에 벌어진 일은 큰 이슈가 되지 못했다.

그날은 빼빼로데이였고, 또 G20 정상 회의가 열리는 날이었기 때문이었다.

모든 관심은 이틀 동안 열리는 G20에 몰려 있었다.

그러나 오늘은 적어도 두 번째 뉴스로는 올라갈 것이 확실했다.

코스피가 2007년 7월 22일 이후, 다시 마의 2,000선을 넘어 2,050선에 안착하게 된 날로 역사에 기록될 것이 분명했다.

이진은 불과 2분 만에 코스피 지수 99P를 끌어 올렸다.

그럼에도 일이 남아 있었다.

계속 공매도한 도이치뱅크 주식은 오늘 열릴 유럽과 뉴욕 시장에서 큰 이익을 낼 것이 확실했다.

도이치뱅크는 오늘 거래로 천문학적 손실을 입을 테니 주가는 폭락할 것.

이진은 공매도한 주식으로 얻은 이익까지 더해 다시 도이치뱅크 주식을 싼값에 거두어들일 생각이었다.

"오늘 밤에는 일정 부분 이익만 실현합시다."

"당연하지요. 오늘 도이치뱅크 손실이 알려지면 내일 큰

폭으로 하락할 겁니다. 예정대로 10유로 근처부터 반격에 나서겠습니다."

현재 도이치뱅크 주식은 20유로 선에서 공방을 펼치고 있었다.

그러니 공매도한 주식은 주당 근 7 내지 8유로의 이익을 얻을 것.

천문학적 이익을 테라에 안겨 줄 것이 확실했다.

그래서인지 존 미첨의 표정은 아주 음흉해 보였다.

"오늘 나머지도 좀 수고해 주세요."

"회장님께서는 G20 때문에 바쁘시죠?"

"예. 어쩔 수 없이 나가 봐야겠네요."

G20에 참가한 각국의 지도자들은 이미 이진을 만나기 위해 줄을 서고 있었다.

그와 관련된 일정은 메리 앤이 도맡은 상태.

그러나 이진은 그 일정보다 오늘 일이 더 신경 쓰인 게 사실이었다.

일단 시골 의사란 개인 투자자는 적어도 자살은 하지 않을 것이다.

풋옵션으로 500배 이익을 봤다는 개인 투자자는 반대로 손실을 보겠지만, 이 역시 자살할 정도는 아닐 것.

무엇보다 중요한 것은 도이치뱅크에게 제대로 카운터펀치를 날렸다는 것이었다.

아마도 옵션 쇼크를 만들려 했던 도이치뱅크 홍콩 지점 직원들은 옷을 벗게 될 것이 확실했다.

기분 좋은 피곤함이 몰려들었다.

모든 것을 안다고 여기면서도 긴장의 끈을 놓을 수 없었던 하루였다.

그리고 이진의 완승으로 11월 11일 '옵션 쇼크'라는 역사적 사건은 '주가 폭등'이라는 사건으로 대체되었다.

"오늘 일, 잘된 것 같던데요?"

성북동에 들어가자 메리 앤은 외출 준비를 마친 상태였다. 곧바로 오늘 주식 시장에 대해 묻는다.

"응. 잘됐어."

"돈 버느라 수고했어요. 그런데 어떻게 해요. 나가 봐야 하는데……."

"메리랑 함께라면 환영이지. 우리 삼둥이는?"

"안나가 딜딜 볶아요."

메리 앤의 목소리는 심드렁했다.

자신이 받은 교육을 삼둥이가 받는다고 생각하니 아이들이 힘들 것이라 여겨진 것.

"그 교육의 결과로 여기 아빠하고 엄마가 있네."

"그래도······. 안나는 너무해."

"그럼 말리지 그랬어?"

"······."

이진의 말에 메리 앤은 머리를 가로저었지만 말은 없었다.

최근 들어 안나는 아이들에게 만족 지연에 대해 가르치고 있었다.

큰 빵을 한 명에게만 줬을 것이다.

그러고는 혼자 다 먹지 못하는 빵을 어떻게 처리해야 할지를 가르친다.

이른바 복잡한 사회 계약의 출발점이 바로 만족 지연이다.

아무것도 갖지 않는 것보다 뭔가를 가진 것이 더 좋다는 것을 빵을 가진 한 아이에게만 가르친다.

그런 다음 그 빵을 혼자 먹을 수 없다면 나누어 먹는 것이 더 유리하다는 것을 가르치는 것이다.

이제 겨우 돌을 지나 16개월 된 아이들에게 그걸 가르치려면 보통의 인내심이 필요한 것이 아닐 것.

그래도 안나는 무던히도 참아 내며 해낼 것이다.

기록에 따르면 이진과 메리 앤은 만족 지연에 대해 각각 13개월과 4살에 배웠다.

메리 앤이 3살 때 웨스트버지니아 집으로 입양되었기 때문이다.

"보고 갈래요?"

"안나가 싫어할걸? 기왕 맡겼으니 방해는 하지 말아야지."
"그럼 출발해요."
"누굴 처음 만나?"
"에티오피아 총리예요."
이진은 메리 앤과 함께 성북동 자택을 나섰다.
행선지는 G20 회의가 열리는 코엑스 근처.
저녁 식사를 겸한 약속이 줄을 이어 있었다.
일정은 메리 앤이 정했으니 따르면 될 일.
차가 출발하자 이진은 갑자기 메리 앤에게 말했다.
"에티오피아 총리는 초대 국가 자격이지?"
"예. 저하고 국제 구호 기구 문제로 만나기로 했어요."
"국제 구호 자금 지원하려고?"
"예. 한 4억 달러 정도요."

제2장

원대한 꿈

재벌집 망나니
7대독자

    4억 달러면 근 4천억 원.
    '흠! 그럼 받은 돈이 200억 달러란 얘기인가?'
    이진은 슬그머니 메리 앤이 할아버지 이유와 어머니 데보라 킴에게 받은 총액을 계산해 냈다.
    전에 자본의 2퍼센트는 먼저 자선 단체의 구호 자금으로 지출하게 될 것이라 했으니 200억 달러가 분명했다.
    손을 꼭 쥔 채 어깨를 기대 오는 메리 앤.
    이진은 다시 물었다.
    "혹시 지난번 내가 말한 비트코인 투자했어?"
    "예. 당연하죠. 싹 끌어모아 샀어요."
    "뭘 또 그렇게까지……. 얼마나?"

이진은 황당해하면서도 물었다.

메리 앤이 노려보는 척한다.

파란 눈동자가 입술을 가져오라며 재촉하는 것 같았다.

하지만 참아야 했다.

"하여간 있는 사람들이 더하다니까. 눈독 들이지 말아요?"

"그냥 궁금해서 물어보는 거야."

이진은 메리 앤의 허리를 감싸 안으며 말했다.

"확실하다면서요? 그래서 장기적으로 보고 100원 투자했죠."

웬만한 금액에는 꿈쩍도 않던 이진도 놀라지 않을 수 없었다. 마치 메리 앤이 돈은 이렇게 버는 것이라고 이야기하는 것 같았다.

100억 달러로 비트코인을 닥치는 대로 사들인 것이 분명했다.

최근의 가장 높은 시세가 0.39달러.

그보다 낮은 가격으로 사들였을 것이다.

메리 앤이 닥치는 대로 사들였다면 수요로 인해 가격도 올랐을 것이다.

그러나 나중에 벌 돈에 비하면 새 발의 피.

"전부 샀어?"

"다 사지는 못했어요. 천천히 나오는 대로 사들이려고요."

"대단하셔. 우리 삼둥이 엄마!"

장난삼아 5만 퍼센트 정도 오를 것이라고 말한 적이 있다.

그러나 실제 비트코인의 최고가는 0.39달러 대비 200,000배 이상이 된다.

물론 수요와 공급, 채굴 등의 변수가 있으니 메리 앤이 청산할 때는 그 가격에 못 미칠 수 있다.

또 메리 앤이 조기 매집한 후 내놓지 않는다면?

수요는 폭증하고 공급은 없어 어마어마한 가치로 변신할 가능성도 있었다.

차는 올림픽 대로에 들어서고 있었다.

재벌집 며느리라 통이 크다.

예전 박주운 같으면 엄두도 못 낼 일을 메리 앤은 거리낌 없이 하고 있었다.

해가 저물며 제법 운치 있는 풍경이 창밖으로 펼쳐지고 있었다.

메리 앤은 한강의 정취에 한껏 빠져 있었다.

이진도 조용히 밖을 바라봤다.

그리고 박주운이 아닌 이진이 17살 때 기록한 글의 내용이 떠올랐다.

〈세상의 화폐를 하나로 통일할 수 있다면…….〉

현재 유통되는 화폐들에 대해 깊이 생각한 것이 분명했다.

각국의 화폐 단위가 다르다는 것.

그리고 그 관리 체계 역시 다르다.

그로 인해 발생하는 비용은 천문학적 수준.

이진은 그런 병폐를 국제 공용 화폐라는 것으로 풀 수 있지 않을까 고민했던 것 같다.

가능할까?

불과 얼마 전까지만 해도 가능하지 않은 일이었다.

그러나 지금에 와서 생각해 보니 그것만큼 원대한 꿈이 또 있을까 싶다.

블록체인 기술이라면 충분히 가능한 일이다.

단지 기득권과의 싸움이 만만하지 않을 것이지만 말이다.

하지만 그렇게만 된다면?

그것은 인류 역사상 가장 혁명적인 변화가 될 것.

'블록체인을 통한 화폐 통합이라……'

이진은 지나가는 한강 유람선을 바라보며 그 생각을 가슴 깊숙이 담고 있었다.

이만하면 원대한 꿈이 아닐 수 없었다.

"저기 봐요."

"뭐?"

메리 앤의 말을 듣고 다시 창밖을 보니 한강 유람선이 보였다.

"우리도 저거 한 번 타면 안 될까요?"

"유람선을?"

메리 앤이 눈을 반짝이며 이진과 유람선을 번갈아 바라본다.

"그럼 언제 한번 데이트할까?"

"정말이요? 그럼 할아버지, 어머니, 삼둥이, 안나도 함께 타요."

"그럴까?"

"약속한 거예요."

메리 앤은 이진에게 다짐을 받았다.

차는 곧 올림픽 대로를 벗어났다.

본래 G20는 1997년 아시아 외환 위기 이후 국제 금융 현안 및 특정 지역의 경제 위기 재발 방지 등을 논의하기 위해 결성되었다.

초기에는 선진, 신흥 경제 20개국 재무장관 및 중앙은행 총재의 모임이었다.

정상들이 참여하게 된 것은 2008년 금융 위기 때문.

미국이 워싱턴으로 20개국의 재무장관은 물론 정상들까지 초대하면서 지금의 면모를 갖추었다.

그것이 제1차 G20 정상 회의다.

따지고 보면 서브 프라임 모기지론이란 것이 G20 정상 회의를 만든 것이나 마찬가지다.

그리고 이번 서울 회의는 제5차.

기념주화 및 기념우표가 발매될 정도로 큰 행사였다.

정부는 온갖 연구소와 매스컴 등을 동원해 G20의 경제 효과를 선전하고 나섰다.

그러나 이진이 볼 때 그런 경제 효과는 없거나, 있더라도 반짝 효과에 지나지 않을 것으로 보였다.

대부분의 참가국 정상들이 이진을 만나길 원했다.

그러나 이진의 입장에서 볼 때는 만날 사람이 많지 않았다.

후진타오는 이제 곧 물러날 사람.

아베는 줄곧 만나자는 연락을 해 왔지만 만날 이유가 없었다.

만나 봐야 소위 허튼소리만 하다가 헤어질 것이 확실했다.

그럴 바에는 집에서 삼둥이와 함께 시간을 보내는 것이 이진에게는 더 나았다.

이번에도 고작해야 오바마와 차나 한잔하는 정도면 될 것 같았다.

그러나 메리 앤은 그렇지 않았다.

그녀는 지금 에티오피아에 자선 물품 기지창의 건설을 계획하고 있었다.

이진은 어쨌든 도와야 할 입장이어서 얼굴을 내밀어야

했다.

그래서 가장 처음 에티오피아 총리 멜라스 제나위와 마주 앉게 되었다.

배석한 사람은 새로 유니세프 총재가 된 앤서니 레이크였다.

앤서니 레이크는 조지타운 대학교 교수였고, 클린턴 전 대통령 행정부에서 백악관 국가 안보 보좌관을 지냈기에 익히 아는 얼굴이었다.

반갑게 인사를 나누고 나자 메리 앤이 서둘러 발언을 했다.

"저희는 에티오피아에 유니세프와 공동으로 사용할 구호물품 기지창을 건설할까 해요."

"굿 아이디어입니다. 한데 그러려면 막대한 비용이 들어갈 텐데요?"

이진은 구경만 하고 있었다.

그런데 메리 앤이 그런 이진을 지목한다.

"우리 회장님께서 그 기지창 건설과 초기 지원 물품을 조달할 자금을 지원해 주시기로 하셨어요."

"오 마이 갓! 감사합니다, 회장님!"

"뭐라고 감사드려야 할지……."

제나위 총리와 레이크 유니세프 총재가 이진에게 감사를 표했다.

엎드려 절 받는 꼴이었다.

이 일에 대해 아무것도 모르니 말이다.

"먼저는 에티오피아 정부에서 기지창 건설에 대한 행정적 편의를 제공해 주셨으면 합니다."

"규모가 어느 정도나 될까요?"

제나위 에티오피아 총리는 건설 규모를 가장 먼저 궁금해했다.

최빈국 중 하나인 데다 인구가 1억 명이 넘으니 무엇보다 일자리가 필요할 것이기에 당연한 관심이었다.

"대략 1억 달러 규모의 기지창을 건설할 예정입니다."

"허! 그 정도면 어마어마한 규모인데요?"

가난한 나라인 에티오피아의 입장에서 볼 때 1억 달러도 엄청난 금액이었다.

"그래서 총리님을 뵌 겁니다. 기지창 건설에 쓰일 자재, 인력 및 모든 것을 귀국에서 조달할게요. 단, 없는 것만 빼고요."

"그렇게 해 주신다면 정말 감사드리겠습니다."

제나위 에티오피아 총리가 화답한다.

"또 물품 역시 에티오피아에서 조달할 수 있는 것이라면 굳이 다른 곳을 이용할 이유가 없지요."

"구호물품이라시면……. 어느 정도나 초기에 물품을 조달하실 계획이신지요?"

역시 무엇보다 액수가 중요했다.

"유니세프는 총재님께 말씀을 들으시면 될 것 같고, 저희는 3억 달러 규모예요."

메리 앤의 대답에 제나위 에티오피아 총리의 입이 쩍 벌어졌다.

지금 메리 앤이 하는 말은 에티오피아에서 3억 달러어치의 물건을 구매하겠다는 말이나 다르지 않았다.

에티오피아로서는 엄청난 투자였다.

에티오피아는 한때 헬 게이트로 불리던 아프가니스탄보다도 1인당 국민 소득이 낮은 나라.

발전을 하는 중이긴 하지만 여전히 세계 최빈국의 오명을 벗어나지는 못하고 있는 상태였다.

"그렇게 우리나라에 투자해 주신다니 정말 감사드립니다. 그럼 유니세프는……."

"창고만 공동으로 사용하시는 거죠. 그렇게 되면 유니세프로 인한 자금 유입도 만만치는 않을 거예요. 저희가 유니세프한테 창고 임대료를 받지는 않을 테니까요. 호호호!"

"정말 대단하신 계획이십니다. 저희는 무조건 환영입니다."

메리 앤의 말에 레이크 유니세프 총재도 활짝 웃으며 화답했다.

이제는 조건이 나올 차례였다.

이진은 묵묵히 들으며 표정으로 장단을 맞춰 주다가 메리 앤의 다음 말을 주의 깊게 들었다.

"단, 한 가지 조건이 있어요."

"말씀하시죠."

역시 조건이 나왔다.

"모든 비용은 저희가 전부 부담하겠지만 보안 부분만큼은 에티오피아 정부에 맡길 수가 없어요."

"그 말씀은……?"

"기지창 관련 보안 회사 선정과 이후 관리를 위한 제반 조치를 에티오피아 정부의 간섭 없이 독자적으로 저희 테라가 맡도록 해 주시면 어떨까요?"

"…예. 그 부분은 협의가 필요하겠군요. 그러나 최선을 다해 수용할 수 있도록 노력해 보지요."

일단 제나위 에티오피아 총리가 긍정적인 뜻을 내비쳤다.

그러나 바로 수락하지는 못한다.

당연한 일이었다.

보안 관련 모든 제반 조치를 허용한다는 것은 신고나 허가 없이 무장을 용인한다는 것이었으니 말이다.

메리 앤의 발언에 이진도 깜짝 놀랐다.

삼둥이 엄마가 그런 생각을 하고 있을 줄은 몰랐기 때문이다.

전 과장이 인수한 민간 군사 업체의 실전 경험 및 진출 경력을 도우려는 의도가 분명해 보였다.

정말 현명한 아내가 아닐 수 없었다.

"당연히 그러셔야죠. 단, 저희는 서두르길 바라요. 그래야 굶어 죽는 어린아이들이 더 줄어들 테니까요."

메리 앤의 말에 제나위 총리가 감탄한 얼굴로 고개를 끄덕였다.

레이크 유니세프 총재도 감사를 표명했다.

"에티오피아에 그만한 대형 구호물품 기지창이 건설된다면 저희도 큰 도움을 받을 겁니다. 감사드립니다."

"천만의 말씀을요. 유니세프가 없었다면 아마 지금의 10배도 넘는 아이들이 죽어 갔을 거예요."

면담은 일사천리로 진행되었다.

누구 하나 손해 볼 것 없는 내용이었다.

메리 앤은 제나위 총리에게 선물도 듬뿍 안겼다.

개인적인 선물이었다.

면담이 끝이 나고 나오자 이진이 물었다.

"어떻게 그런 생각을 했어?"

"빤하잖아요. 아무리 친해도 오바마가 테라의 민간 군사 기업까지 지원하겠어요?"

미국 정부가 아무리 테라와 친밀하다고해도 그런 부분까지 지원할 리는 없었다.

오히려 경계하게 될 것이다.

미국 의회에서도 말이 많을 것이 분명했다.

지금은 전 과장이 주도하는 군사 기업이 테라와 연관이 있다는 걸 알지 못하겠지만 언젠가는 드러날 것.

아무튼 에티오피아는 민간 군사 기업이 활동하기 좋은 곳이었다.

또 유니세프와 함께, 에티오피아 정부의 지원까지 받는다면 조직의 성장에 더할 나위 없이 도움이 될 것이 확실했다.

메리 앤이 이진에게 큰 선물을 한 것이나 마찬가지였다.

"얼른 가요. 다음은 회장님 차례. IMF 총재 만날 시간이에요."

"그래. 서두르자."

이진과 메리 앤은 다음 면담 장소로 서둘러 이동해야 했다. IMF 총재에 이어 UN 사무총장을 만나고 나서야 일정이 매듭지어졌다.

집으로 돌아간 이진은 잠이 오질 않았.

빨간 펜은 아직도 도이치뱅크만을 써 낸다.

그러나 한번 마음속에 꿈의 씨앗이 묻히니 벌써 싹을 틔우려 꿈틀거린다.

스펙터클하면서 원대한 꿈이 아닐 수 없었다.

모든 사람이 테라가 만들어 낸 공용 화폐를 쓰는 사회.

가장 신뢰할 수 있고 투명한 프로토콜.

그것이 결국은 세계 모든 사람들에게 공평한 기회와 투명한 성장의 발판을 만들어 줄 수도 있지 않을까?

이진의 원대한 꿈은 그렇게 씨앗을 품기 시작했다.

나카모토 사토시가 2007년 글로벌 금융 위기 사태를 통해 중앙집권화된 금융 시스템의 위험성을 인지했다.

그리고 개인간 거래가 가능한 블록체인 기술을 고안했다.

이후 2009년 사토시는 블록체인 기술을 적용해 암호 화폐인 비트코인을 개발한다.

여기까지가 일반적인 비트코인의 탄생 히스토리다.

다만 나카모토 사토시가 누구인지 모른다는 것.

사람들은 시간이 지나고 나서야 비트코인에 주목하기 시작한다.

그리고 사실 비트코인이라는 가상 화폐 개념보다 블록체인이 주는 데이터 저장 방식이 핵심이다.

중앙집권화된 금융 시스템은 공격에 취약할 수밖에 없다.

그에 반해 블록체인 기술의 금융 시스템은 참여한 사용자 모두에게 거래 내역을 보내 주기에 위조나 변조가 불가능하다.

그럼에도 박주운이 겪었던 가상 화폐로 대변되는 블록체인 기술은 역풍을 맞았다.

투기와 무분별한 스타트업들이 난립했기 때문이다.

하지만 지금은 초창기 상태.

지금 블록체인 기술 개발에 나서 확고한 기반을 갖춘다면 얘기는 달라진다.

이진에게는 테라가 가진 막강한 기반이 있었다.

여기에 원래 계획대로 통신을 사들여 보탠다면······.

비트코인을 사서 이익을 보는 것이 아니라 아예 시장 자체의 판을 뒤집을 힘은 충분했다.

'눈앞만 바라보면 안 되지.'

이진은 일단 테라 페이라는 이름으로 스타트업을 만들기로 마음을 굳혔다.

'먼저 4차 산업혁명 기반을 조성한 후 선점하자.'

디테일을 뺀 아웃라인은 바로 만들어졌다.

다음 날.

겉보기에만 요란한 G20 행사가 절정에 달할 때, 이진은 강우신 전자 사장을 만났다.

"어서 와, 형!"

"왜 사무실이야. 오늘 아무도 안 만나?"

"만날 사람이 없네."

"오바마라도 만나지. 아베 총리는 입국하기도 전에 테라 회장 만날 거라고 보도까지 냈잖아."

"아베를 만나느니 차라리 김정일을 만나지."

"그 말, 산케이나 NHK에서 들으면 발끈할 텐데……."

"그야 내 알 바 아니지."

"하여간."

몇 마디의 농담이 지나자 이진은 슬며시 사업 이야기를 꺼냈다.

"요즘 바쁘지?"

"나야 한가하지. 아버지가 바쁘셔. 아몰레드 TV 양산 때문에……. 내 생각에는 아마 떼돈 벌 것 같다."

이미 태양산업에서 확보한 기술을 바탕으로 TV 생산 라인이 돌아가기 시작하고 있었다.

"대박! 그럼 나도 돈 좀 벌겠네."

"하여간 제수씨가 있는 사람들이 더하다는 말을 왜 배웠는지 알겠다."

"하하하! 오늘 일징은?"

"아! TV CF 찍는다. 같이 갈래?"

"그럴까?"

강우신은 바쁜 모양이었다.

일단 이진은 그런 강우신을 배려해 CF 현장에 동행하기로 했다.

  광고 대행사가 있는 강남의 스튜디오에 도착하자 AE가 밖에서 기다리고 있었다.
"어서 오십시오, 사장님!"
  AE는 강우신은 알아봤지만 이진을 알아보지는 못했다.
  함께 스튜디오로 들어가자 강우신에게 의자를 가져다 앉으라고 권하는 AE.
  강우신은 멋쩍게 웃으며 이진에게 의자를 양보했다.
  이진은 군말하지 않고 앉았다.
"모델은 섭외했어?"
"응. 와이프가 지금 이미지 가장 좋은 배우는 오수현이라네?"
"오수현?"
  이진은 처음 듣는 이름이었다.
"아마 잘 모를 거야. 드라마 안 보잖아."
"나도 보거든?"
"성균관에 조연으로 출연했다가 대박 난 여배우지."
"아!"
  이진은 아는 척을 했다. 그러나 누군지 기억이 나질 않았다.
"글로벌은 제니퍼가 어떨까 하는데, 제수씨가 안 좋아할까?"

"우리 삼둥이 엄마, 그렇게 속 좁은 사람 아니거든."
"하하하! 이미 컨택 들어갔어."
제니퍼라면 잘 해낼 것이다.
이미지도 좋고 현재는 할리우드 톱이니까.
촬영이 시작될 모양이었다.
AE가 감독을 데려와 인사를 했다.
"한영테라 전자 사장님이세요."
"안녕하십니까. 썬 기획의 한상욱입니다."
"이쪽 분은……."
AE가 묻자 강우신이 대신 대답했다.
"테라 이진 회장님이세요."
"아! 영광입니다."
강우신의 말에 한상욱 감독이 정중하게 인사를 한다.
이어 여배우 오수현이 다가왔다.
"난 광고주 강우신이고, 이쪽은 테라 이진 회장님이세요. 우리 회사 대주주 신분으로 참여했어요. 괜찮죠?"
"물론입니다, 사장님!"
약간 상기된 표정으로 인사를 하는 오수현.
메리 앤에 비하면 아담한 사이즈였다.
광고 촬영이 시작되었다. 이진도 이런 곳에 와 본 건 처음. 그런데 생각보다 지루했다.
"형, 블라이스 마스터즈 알지."

"블라이스? 아, 테라 블라이스 말고 JP 블라이스?"

"응."

"당연히 알지. 옥스퍼드에 왔었잖아."

블라이스 마스터즈는 옥스퍼드에 왔었다.

그때는 JP모건의 헤드헌터 자격으로 왔었는데 이진은 만나지 못했을 것이다.

블라이스 마스터즈가 테라의 차기 경영자를 헤드헌팅할 일은 없었을 것이니 말이다.

"만난 적 있어?"

"만났지. 장학금 조건으로 졸업 후 JP모건에 들어오라는 제안을 했었어."

"그거 잘됐네. 이번에는 형이 나서 줘라."

"뭘?"

강우신이 의아해한다.

"블라이스 마스터즈를 영입했으면 해서."

"뭐? JP모건 글로벌 헤드를?"

"응. 아마 다른 뜻을 품고 있을 거야."

이진은 블라이스 마스터즈를 기억하고 있었다.

월 스트리트에서 별명이 가장 살벌한 두 사람이 바로 이진과 블라이스 마스터즈였다.

이진은 리퍼였고, 블라이스 마스터즈는 마녀였다.

현재 JP모건의 경영진이다.

그러나 아마 지금쯤이면 스타트업을 생각하고 있을 것이다.

그녀는 2015년 이후 JP모건을 퇴사한다.

이후 '디지털 에셋 홀딩스 스타트업'이라는 긴 이름의 회사를 차리게 되는데, 그 기업이 바로 블록체인 기술로 장부의 기장을 대신하는 선도 기업이다.

물론 박주운의 기억으로 볼 때 디지털 에셋 홀딩스는 큰 성과를 내며 박차고 나가지는 못하고 있었다.

여건이 너무 급격히 조성되어 가상 화폐의 부작용이 속출하면서 속도 조절에 들어갔었기 때문.

"다른 뜻이라면?"

"그건 우리 테라 블라이스에게 알려 둘게. 블라이스가 둘이네."

"직접 뉴욕에 가란 말이지?"

"제니퍼에게도 연락해 둘 테니까 가는 김에 광고도 찍고 오면 되겠네."

"그렇다면 그래야지."

강우신은 맺고 끊는 것이 분명한 사람.

TV 광고 이야기가 나오자마자 곧바로 수락한다.

믿을 만한 사람이 필요한 일이었다.

그럼에도 역시 가장 믿을 만한 사람은 테라의 이사들이었다.

지금 시작해도 비트코인보다는 월등하게 앞서 나갈 수 있을 것이다.
이 역시 역사를 바꾸는 일이나 다름없었다.
광고 촬영은 내내 지루했다.
한참 지켜보고 있을 때 오민영이 전화를 받더니 다가왔다.
그리고 메리 앤처럼 귀에 입술을 들이댔다.
'쩝!'
이진은 속으로 입맛을 다셔야 했다.
"회장님! 메르켈 독일 총리가 급히 만나시자고……."
"메르켈 총리가?"
이건 정말 의외였다.
일이 벌어진 지 이틀째에 연락이 온 것이다.
그렇다면 지금 도이치뱅크 주식이 폭락하는 상황에 이미 테라가 개입했다는 걸 안다는 의미였다.
'어떻게 그렇게 빨리 알아낼 수 있을까?'
적어도 일주일 이상은 걸려야 할 일이었다.
"오늘 G20 일정이 어떻게 돼요?"
"오후 4시에 의장 성명 발표 및 기자회견, 그리고 폐막식이 있습니다. 그리고 오후 6시 30분에 특별 만찬 및 문화 공연 순입니다."
"메르켈 총리 일정은요?"
"일정을 전부 소화하고 출국하는 것으로 되어 있습니다만……."

"그럼 오후 9시에 시간이 된다고 전하세요."
"예, 회장님!"
곁에서 듣고 있던 강우신이 한마디 했다.
"세계에서 가장 영향력 있는 여성분을 너무 기다리게 하는 거 아니야?"
"난 세계에서 가장 영향력 있는 남자잖아. 아마 둘 합쳐도 내가 더 순위가 높을걸?"
"하하하! 한데 왜 그렇게 기다리게 해?"
"중요한 일이면 기다려서라도 만나겠지. 아니면 그냥 갈 테고."
"하여간 넌 예전에 포커 치던 방식 그대로구나."
"응?"
강우신의 말은 의외였다.
당연히 지금 이진의 기억에 없는 말.
"우리가 포커도 쳤었나?"
"당연하지. 옥스퍼드 카운티에서 네가 내 피 같은 돈 다 빨아먹었잖아."
"그랬나?"
이진은 약간 민망한 마음으로 웃어야 했다.
"그때 잃은 돈이 한 달 알바 뛴 돈이었는데……. 죽어도 안 돌려주더라."
"하하하!"

강우신이 말을 이었다.

"아마 그때 네가 나한테 돈을 돌려줬다면 난 진짜 실망했을 거다."

"왜?"

"그건 동정이었을 테니까. 아무튼 넌 타짜야. 인정!"

강우신이 농담을 하는 사이, 촬영은 거의 끝나 가고 있었다.

"오민영 씨는 독일어 잘 못하죠?"

"하긴 합니다만, 국제적 통역을 하기에는 무리가 있습니다."

오민영이 민망한 표정을 지으며 대답했다.

"그래도 오늘 미팅에 참가하세요. 통역은 메리가 하면 되니 지켜보는 것도 공부가 될 거예요."

"감사합니다, 회장님!"

"추가 근무 시간 올리는 거 잊지 말고요."

"헤. 예, 회장님!"

독일 정부 쪽에서 연락이 왔다.

9시는 늦고, 공식 만찬 시간에 저녁 식사를 함께하자는 제안이었다.

이진은 한발 물러섰다.

세계 정상들이 참여하는 만찬 시간을 뺄 정도라면 그만큼

몸이 달았다는 증거라고 여긴 것이다.

이진은 메르켈 총리를 성북동 집으로 초대했다.

"갑자기 이러면 어떻게 해요?"

집에 들어가자마자 메리 앤이 심통을 부리는 것도 모자라 눈을 흘긴다.

따라온 오민영이 입을 가린 채 웃었다.

"저녁 메뉴는?"

"메르켈 총리가 감자 수프하고 잘게 썬 소고기를 좋아한다잖아요. 그래서 그렇게 준비했어요."

"역시 메리밖에 없어. 고기는 한우지?"

"그럼 독일 소겠어요? 오민영 씨도 수고가 많아요."

메리 앤이 오민영에게 인사를 했다.

"경회당이에요."

"응. 일단 옷부터 갈아입자."

이진은 옷을 갈아입고 메르켈 총리를 기다렸다.

정확히 6시 30분에 메르켈 총리가 성북동에 도착했다.

할아버지 이유와 데보라 킴도 나가서 맞았다.

상대는 독일 총리.

거기다 성북동 집에 초대된 첫 번째 외국 정상이었다.

메르켈 총리는 통역 한 명과 30대 중반으로 보이는 갈색 머리의 남자 한 명과 함께 안으로 들어섰다.

경호원들은 모두 다른 곳에서 대기했다.

원대한 꿈 • 59

할아버지 이유와 어머니 데보라 킴이 인사를 하고 나자 이진은 메르켈 총리의 뺨에 입을 맞췄다.
"어서 오십시오, 총리님!"
"반갑습니다. 이렇게 또 만나게 되네요."
두 번째 만남이라고 했다.
이진이 백악관 만찬에서 한 번 인사를 나눈 적이 있다고 메리 앤이 알려 줬었다.
"식사가 준비되었습니다. 가시죠."
이진이 안내를 했다.
그러자 메르켈 총리가 다른 제안을 했다.
"세쌍둥이를 낳으셨다고요? 축하드려요."
메리 앤에게 하는 인사.
"감사드립니다, 총리님!"
"늘 궁금했어요. 저도 사진 한 장 찍을 수 있을까요? 아이들에게 보여 주게요."
느닷없는 제안이었다.
그러나 메리 앤은 당황하지 않았다.
"그럼요. 준비하지요."
곧 메르켈 총리와 삼둥이의 기념 촬영이 시작되었다.
TV에서 봤을 때와 비교할 때 메르켈 총리는 상당히 키가 커 보였다.
메리 앤보다 13센티미터나 작은 165센티미터로 알려져 있는데, 함께 섰음에도 작아 보이지 않는다.

이른바 포스였다.

그러나 삼둥이와 사진 촬영을 할 때는 천생 엄마로 보인다.

사진 촬영을 마치고 식사가 시작되었다.

누구도 도이치뱅크 이야기를 꺼내지는 않았다.

식사가 끝나고 성북동이 자랑하는 국화차가 나온 후에야 입이 열렸다.

"도이치뱅크 주식을 공매도한 후 대량으로 매수하고 계시더군요."

"예."

이진은 단답형으로 대답했다.

"인수하실 계획인가요?"

적대적 M&A를 선포한 것이냐고 묻는 것.

"아닙니다. 우리 테라는 직접 경영은 하지 않습니다. 다만 대주주가 되려고 합니다."

"……"

메르켈 총리의 이마에 빠르게 주름이 생겼다 사라진다.

"아시나시피 우리 정부도 도이치뱅크의 지분을 상당히 보유하고 있어요. 자산에도 많은 관련이 있고요."

"알고 있습니다."

이진은 성급하게 결론으로 나아가지 않았다.

그때, 의외의 말이 나왔다.

"우리 정부는 테라가 도이치뱅크의 대주주가 되는 걸 환영합니다."

"…예?"

이런 걸 허를 찔렸다고 말하는 걸까?

이진도 당혹스러웠다.

독일 정부의 대응에 대한 모든 예측이 빗나가는 순간이었다.

"우리 정부는 개입하지 않을 겁니다. 경영권을 가져가지 않는다면요. 대신 역시 도이치뱅크 지분을 상당히 보유한 이분을 모시고 왔어요."

동행한 남자.

수행원일지도 모른다고 여겨 따로 소개를 받지 않았다.

독일 측에서도 소개하지 않았고 말이다.

그런데 이제 보니 중요한 인물이었던 것이다.

"두 분이 이야기를 나누세요. 어쨌든 대주주가 되시면 청문회는 피하기 어려울 겁니다."

메르켈 총리가 먼저 일어섰다.

이진도 따라 일어나야 했다.

메르켈 총리가 나가자 남자가 그제야 자신을 소개했다.

"빈센트 로스차일드입니다."

제3장

SD텔레콤 인수

재벌집 망나니
7대독자

"오다가다 만날 분이셨네요. 반가워요, 빈센트!"

이진은 의외라는 표정으로 인사를 했다.

"실례인 줄 알면서도 이렇게 인사를 하게 되었습니다."

"메르켈 총리님과 함께 은밀하게 들어오셔야 할 이유가 있었다는 말씀이네요?"

이진의 말에 빈센트 로스차일드가 머리를 끄덕였다.

이진은 자리에서 일어나 문을 열었다.

메리 앤이 메르켈 총리를 환송하고 돌아오는 길이었다.

"메리, 커피 두 잔만. 그리고 알지?"

이진의 말에 메리 앤이 고개를 끄덕인 후 사라졌다.

"커피 괜찮죠?"

"그럼요."
"그런데 전혀 알려지지 않은 분이시네요."
그랬다. 로스차일드 가문의 드러난 인물들 이름은 이진도 꿰차고 있다. 그러나 빈센트란 이름은 들어 본 적이 없었다.
이진이 아니라 박주운의 기억으로는 제임스 로스차일드란 이름만 알았다.
로스차일드 가문의 경우 제임스란 이름이 하나인 건 아니다.
그러나 박주운의 기억에 로스차일드가의 후계자 중 한 사람이 서울에 왔다는 기사를 읽은 적이 있었다.
원조 격인 마이어 로스차일드의 8대손으로 1985년 런던에서 태어난 그의 이름도 제임스였다.
그리고 그의 아내는 호텔 재벌 힐턴가의 상속녀 니키 힐턴이다.
힐턴가는 잘 안다. 테라와 부동산 거래를 여러 번 했다.
"저희 가문의 대표자 격으로 메시지를 전달하게 되었습니다. 거듭 불쑥 찾아온 것에 대해 사과드립니다."
"괜찮아요. 만날 사람은 만나야죠."
빈센트 로스차일드가 다시 사과를 했다.
이진은 담담하게 받았다.
커피가 나오고, 한 모금 마시고 나서야 본론이 나왔다.

사실 이진은 굉장히 궁금했다.

CU가 로스차일드가 아닐지 의심하고 있었으니 말이다.

그런데 이야기는 이진이 생각하는 것과 달랐다.

"아무래도 테라보다는 우리 가문의 사람들 숫자가 많으니 정보를 얻는 데는 더 수월할 겁니다."

"무엇에 대해서요?"

"SEE YOU. 들어 보셨죠?"

들어 봤다.

그러나 CU라고 알고 있었다.

그래서 미래에 생길 편의점 체인이 아닐까 하는 우스꽝스러운 유머를 스스로 만들어 내 보기도 했다.

그런데 지금 빈센트 로스차일드가 하는 발음은 아주 명확했다.

SEE YOU.

"들어 봤어요."

"얻으신 건 많지 않을 겁니다. 워낙에 베일에 가려져 있어서요."

"그런가요?"

이진은 시인도, 부인도 하지 않았다.

"최근에 성산전자를 인수하셨죠. 아마 성산그룹 부회장 이재희도 SEE YOU 정회원 물망에 올랐었을 겁니다."

정확하다.

준회원이었다고 한영임이 말했었으니 말이다.

빈센트 로스차일드가 천천히 말 머리를 돌렸다.

"아시다시피 저희 가문과 테라는 비슷하면서도 다른 역사를 거쳤습니다."

"그렇긴 하지요."

이진은 이것도 순순히 인정했다.

테라는 지금까지 언더커버였다가 이제야 오픈을 시작하면서 세상에 나왔다.

그러나 로스차일드는 먼저 오픈을 했다가, 이제는 서서히 스스로 언더커버로 밀려나는 것 같은 분위기였다.

그 속사정은 복잡하다. 그러나 어쨌든 로스차일드가 최대한 움츠리고 있는 것만은 분명했다.

2차 세계대전 종전 이후부터일 것이다.

심지어 나중에는 원조 격인 오스트리아에서는 철수를 단행한다.

한때 전 세계 금융을 좌지우지했던 유대계 로스차일드 가문이 200년에 걸친 오스트리아 내 도약과 추락, 도산, 전쟁 등의 파란만장한 역사를 마감하게 되는 것이다.

아직은 아니다.

미래의 어느 날 신문 기사에서 읽었다.

어쨌든 '로스차일드: 코스모폴리탄 빈 가문의 번영과 몰락'이라는 책을 이진이 아닌 박주운도 읽은 적이 있었다.

"우리 가문이 치명타라면 치명타를 맞은 것은 2차 세계대전 때입니다."

"그런가요?"

이진의 어조는 긍정도, 부정도 아니었다.

무얼 말하는지 듣고 나서 판단하겠다는 의미였다.

"SEE YOU는 1차 세계대전 종전 후에 생겨났지요. 다수의 전범 기업들이 연합해 만든 일종의 비밀 조직입니다."

"……."

이진은 눈을 빛냈다.

저 말이 사실이라면 모든 것이 설명이 된다.

그러나 액면 그대로 믿기는 쉽지 않았다.

"그 부분에 대해서는 로스차일드도 자유롭지는 못할 텐데요. 우리 테라는 한 번도 전쟁과 연관된 적이 없습니다."

"그럴 리가요? 제가 알기로는 미국이 참전할 때부터 이미 테라 자금이 들어간 걸로 알고 있는데요."

"그야 역사가 말해 주겠죠."

이놈, 보통 놈 아니네?

이진은 슬며시 그런 생각이 들었다.

빈센트 로스차일드가 말을 이었다. 무감각한 표정이다.

"저 역시 조상들 중 일부가 나치에 협력한 것에 대해 변명은 하지 않겠습니다."

이진은 가만히 들었다.

"나치 정권과 상속세 문제가 불거진 이후, 우리는 알려진 것보다 많은 재산을 전범 기업들에 빼앗겼습니다."

"그래서요?"

"그게 오늘날 SEE YOU의 탄생 배경이라면 믿으시겠습니까?"

생각보다 많은 재산을 빼앗겼다고?

이 부분은 정확히 아는 바가 없다.

다만 종전 이후 로스차일드는 복구에 나섰지만 실패했다.

반면 전범 기업들은 배상 책임을 지게 되었다.

그러나 그다지 많은 액수는 아니었다.

그런 전범 기업들은 이후 날개를 달았다.

소련과의 갈등으로 독일계 기업들은 면죄부를 받은 것이나 다름없게 되어 버렸다.

일본 역시 마찬가지다.

한국전쟁으로 가장 많은 이익을 본 나라가 일본.

아마 한국전쟁의 군수물 공장 역할을 일본이 하지 못했더라면······.

지금 일본의 전범 기업들은 막대한 배상금과 역사적 책임으로 인해 뿌리까지 흔들렸을 것이다.

그런데 그런 일은 일어나지 않았다.

"빼앗긴 재산을 되찾는 데 우리 테라보고 협력해 달라고 찾아오신 것은 아닐 테고?"

"당연합니다. 내 주머니 밖으로 나간 돈을 다른 사람에게 채워 달라고 할 수는 없죠. 하지만 연대는 가능할 겁니다."

"왜 내가 연대를 해야 하나요?"

이진은 직설적으로 물었다.

"지금 타깃은 이제 막 오픈한 테라일 테니까요. 적을 상대하는 데 하나보다는 둘이 낫지 않겠습니까?"

"좋습니다. 협력합시다. 대신 얼마나 됩니까?"

이진의 갑작스런 수락과 질문에 빈센트 로스차일드는 당황하는 것 같았다.

그러나 대답했다.

"패전을 목전에 두고 전범 기업들은 재산을 은닉하는 데 혈안이 되어 있었습니다. 그중 대다수는 우리 가문에서 제공된 것들이지요."

"액수로 평가한다면요? 물론 추정으로요."

"현재 가치로 평가한다면 적어도 5조 달러 이상일 겁니다. 단지 나누어져 있을 뿐이죠."

5조 달러라.

공룡이 따로 없다.

그런 막대한 자본이 하나로 뭉쳐 협력하면서 적이 될 상대를 제거한다는 말이나 다름없었다.

이진이 응답했다.

"말씀하신 대로 하나보다는 둘이 낫겠네요. 도이치뱅크

금고 안에 보관된 자료를 원하시죠?"

"예."

이미 핵심이 뭔지를 파악한 후였다.

로스차일드는 자신들이 2차 세계대전 당시 나치에 협력한 부분에 대한 자료를 원하는 것이다.

"그럼 뭘 주실 건가요?"

"테라가 도이치뱅크 대주주가 되는 데 힘을 보태지요."

됐다.

원하는 것을 얻고 내줄 것은 내줄 수 있게 되었다.

어차피 도이치뱅크 지분의 상당 부분, 또 무려 1조 유로가 넘는 막대한 자산 중 상당 부분은 로스차일드와 관련이 있었다.

자산 총액 1조 유로면 1,000조 원.

이건 테라로서도 부담스러울 수밖에 없는 액수.

그걸 지금 로스차일드와 나눠서 떠안는다면 나쁠 것은 없었다.

게다가 암중에 테라를 노린 실체를 파악할 절호의 기회였다.

"딜! 테라는 로스차일드의 친구입니다. 그들이 없을 때까지."

"그들이 없을 때까지. 감사드립니다, 회장님!"

빈센트 로스차일드는 망설이지 않고 손을 내밀었다.

이진 역시 손을 맞잡았다.

적어도 되지도 않은 한영임이나 성산을 통해 암중의 적을 상대하지 않아도 되게 된 것이다.

나쁠 것은 없었다.

빈센트 로스차일드가 떠나고, 메리 앤이 와인 병 하나를 들고 들어왔다.

"뭐야?"

"이거 워데스던 저택(Waddesdon Manor)에서 온 것 맞죠?"

빈센트 로스차일드가 선물로 와인을 가져온 모양.

"우리 삼둥이 엄마는 모르는 게 없을까."

"로스차일드가 왜요?"

"도이치뱅크 일로 협력하자고 온 거야."

이진은 다른 건 쏙 빼고 도이치뱅크 일이라고만 설명을 했다.

"그럼 우리 이거 한잔할까요?"

"우리 삼둥이 동생 만들게?"

"그건 아니고! 이 정도 로마네 꽁띠는 돈이 아무리 많아도 쉽게 구경할 수 없는 거라고요."

"아쉽네. 삼둥이는 자?"

"응."

"그럼 가서 오붓한 시간 좀 보내자."

❖ ❖ ❖

도이치뱅크라는 키워드가 사라졌다.

그러고는 키워드가 나타나지 않았다.

잠시 조바심이 나긴 했다.

늘 꼬리를 이어 나타나던 키워드가 사라졌으니 말이다.

2010년 12월이 되었다.

이진은 구상한 대로 미리 가상 화폐 개발을 위한 기초 작업에 착수했다.

먼저 제주도에 대규모 토지를 매입했다.

테라 페이 혹은 T-PAY로 이름 붙여질 가상 화폐 개발, 그리고 향후 센터로 쓸 건물 부지를 사들인 것이다.

그러다 보니 어느새 크리스마스를 목전에 두고 있었다.

크리스마스 이틀 전.

이진은 메리 앤과 선물을 사러 백화점에 나갔다.

아예 이진의 개인 수행 비서까지 겸하게 된 오민영이 따라붙었다.

명품 매장에서 데보라 킴의 선물을 고르던 메리 앤이 잠시 화장실을 다녀왔다.

그리고 다시 선물을 고르려 할 때 오민영이 전화기를 내밀었다.

"회장님! 전 과장이란 분인데요."

"아! 메리, 잠깐만!"

이진은 양해를 구하고는 잠시 밖으로 나와야 했다.

다른 사람 전화 같으면 미룰 수 있었지만 그럴 수가 없었다.

전 과장은 꼭 필요한 전화만 하는 사람.

통화 내용은 내년에 있을 에티오피아 기지창을 맡을 보안 병력 파견을 승인해 달라는 내용이었다.

그리고 전 과장은 국내로 들어오겠다는 보고도 덧붙였다.

이진은 일단 보고를 듣고 하루만 시간을 달라고 말했다.

그리고 다시 명품 매장으로 돌아왔다.

그런데 돌아와 보니 매장 안이 시끄러웠다.

그리고 눈이 뒤집힐 만한 광경이 펼쳐지고 있었다.

잘 차려입은 한 여자가 메리 앤을 향해 달려드는 게 보였다.

그런데 그 모양새가 웃어야 할지 울어야 할지 모를 지경.

대략 165센티미터쯤 되는 40대 초반 여자.

입으로는 쌍욕을 내뱉으며 메리 앤을 공격하려 하고 있었다.

그리고 메리 앤은?

한쪽 손바닥을 그녀의 목 아랫부분에 댄 채 아예 고개를 돌리고 있었다.

'푸훗!'

월등한 신장 차이로 인해 달려드는 아줌마는 버둥대기만 할 뿐.

아줌마를 말리러 오민영이 황급히 달려들었다.
백화점 보안요원들이 보였지만 멀뚱멀뚱 지켜볼 뿐이었다.
이진이 다가가 메리 앤의 앞을 가로막았다.
"괜찮아?"
"네, 뭐."
"무슨 일입니까?"
이럴 때는 설사 아니라고 해도 무조건 와이프 편에 서야 한다는 걸 이진은 잘 알고 있었다.
매장 점장이 다가와 설명을 한다. 그런데 왠지 메리 앤 편은 아닌 것 같았다.
"우리 사모님께서 좀 전에 VIP 화장실에서 반지를 잃어버리셨는데, 그때 화장실을 이용한 분이 그쪽 여성분밖에 없어서요."
"예?"
이진은 어이가 없을 정도였다.
그리고 매장 점장의 말은 더 어처구니없었다.
"잃어버린 반지가 2캐럿짜리 티파니 다이아몬드예요."
"그래서요?"
"몸수색에 협조를 부탁드렸는데 저 여자분이······."
"내 와이프예요. 그래서요?"
"아무런 이유 없이 거부하시는지라······."
이진의 안색이 굳어졌다.

중년 여자가 시끄럽게 떠드는 소리가 들려온다.

"네가 안 훔쳤으면 몸수색에 응하면 되잖아. 이 도둑년아!"

"왜 내가 이 백화점 보안팀에게 몸수색을 당해야 해요? 그렇게 확신하면 경찰에 신고하면 되잖아요."

메리 앤이 다시 여자가 달려들자 여전히 한쪽 팔로 중년 여자의 접근을 막으며 말하고 있었다.

"너 이거 안 놔?"

"안 잡았어요."

메리 앤은 단지 손바닥을 대고 있을 뿐이었다.

"너 부모님 뭐 하시니? 차려입은 걸 보니 돈 좀 있는 모양인데, 너 오늘 잘 만났다."

더 이상 들어 주고 말고 할 것도 없었다.

이진을 따라 나갔다 들어온 보안팀이 지시를 기다리고 있었다.

이진이 눈짓을 했다.

그러자 보안팀이 달려들어 여자를 잡아 끌어냈다.

"니들 뭐야? 이 백화점이 누구 건지 알아? 내 거야!"

"주주 거겠죠."

메리 앤이 여자의 화통에 불을 지폈다.

곧 백화점 보안요원들까지 쏟아져 나왔다.

테라의 보안요원들과 백화점 보안요원들 사이에 묘한 대치가 이루어졌다.

"SD텔레콤 최창구 회장 둘째 며느리랍니다. 둘째 아들인 최인준 사장이 현재 SD유통 사장입니다."

"괜찮아?"

이진은 오민영의 보고를 듣는 둥 마는 둥 메리 앤에게 물었다.

눈에 눈물이 글썽한 메리 앤이 이진에게 와락 안겨 온다.

"지랄들을 하네. 아예 여관을 가지 그러냐? 니들은 뭐 하는 거야. 도둑년도 못 잡고 월급이나 받아 처먹는 거야?"

점입가경이었다.

이진의 표정이 싸늘해졌다.

"최창구 SD 회장한테 전화 좀 해. 지금 당장 만나자고."

"미친놈! 아버님이 어떤 분이신데 네가 만나자고 만나? 도둑 연놈들이 어디서 들은 건 있어 가지고."

여자는 이진의 말을 엿듣고는 더 고래고래 소리를 질렀다.

"니들 여기 가만히 있어."

이윽고 그렇게 말하더니 어디론가 사라진다.

"의자 좀 가져와요."

"예, 회장님!"

오민영이 얼른 대답한 후 의자를 가져왔다.

이진은 일단 메리 앤을 자리에 앉혔다.

"미안해요. 괜한 일로……."

"메리가 왜 미안해? 아무리 물건을 잃어버렸어도 그렇지,

저렇게 하면 안 되지."

이진은 여자가 괘씸했다.

물건을 잃어버렸다면 당연히 누군가를 의심해 볼 수는 있다. 그러나 아무런 증거도 없이 도둑으로 모는 것은 인성이 덜된 탓이라고 볼 수밖에 없었다.

게다가 자신의 남편이 백화점 사장이란 것만으로 주인 행세를 한다.

경찰에 신고해서 정식 절차를 밟은 것도 아니고, 무작정 백화점 보안요원들을 동원해 몸수색을 하겠다고 나선 것이다.

기다리는 사이, 기자들이 냄새를 맡고 몰려들기 시작했다.

백화점 영업시간이 아직 한참 남아 있어 사람들이 뒤섞이며 혼란이 가중되었다.

그리고 대략 30분 후, SD그룹 최창구 회장이 모습을 드러냈다.

"아이고! 이 회장! 이게 무슨 일입니까?"

"좀 오해가 있었던 것 같습니다. 둘째 며느리란 분이 우리 집사람을 도둑으로 모는 바람에요."

"예?"

최창구 회장은 화들짝 놀랐다.

그러나 이진이 보기에 최창구 회장은 이미 내용을 파악하고 온 것이 분명해 보인다.

"일단 보는 눈이 많으니 자리를 옮기십시다."
"그러지요."
이진은 메리 앤과 함께 최창구 회장을 따라 엘리베이터로 갔다.
그때 마침 엘리베이터에서 내리던 여자.
여자는 바로 SD그룹 가문의 둘째 며느리 이진경이었다.
"이 도둑 연놈들이 어딜 가?"
소리를 빽 지르던 이진경.
그러나 시아버지인 최창구 회장을 발견하고는 그 자리에서 얼음이 되었다.
"아, 아버님!"
"못난 것. 따라오너라."
최창구 회장의 말에 이진경은 의아해하면서도 고개를 푹 숙인 채 다시 엘리베이터에 탔다.
도착한 곳은 본점 사장실이었다.
최창구 회장이 나타나자 직원들이 일제히 기립했다.
"차 들이고 다들 나가 있어."
이진이 보기에 고압적인 자세였다.
박주운의 경우에는 익숙한 광경.
그러나 이진의 경우로 따지자면 절대 익숙할 수 없는 광경이었다.
소파에 앉자 곧 차가 나왔다.

서 있는 사람은 이진경 한 사람뿐이었다.

"내가 오면서 소식을 들었어요. 내 집안 단속 잘못한 탓입니다. 사과드리겠소."

일흔의 나이에 몸소 사과를 하는 최창구 회장.

이진은 아무 말도 없이 메리 앤을 바라봤다.

메리 앤이 입을 열었다.

"회장님께서 사과를 하실 것은 없지요. 당사자의 사과를 받고 싶습니다."

메리 앤의 말에 뭐가 어떻게 돌아가는지 몰라 어리둥절한 이진경.

"사과드려라."

"아버님!"

"이분이 누구신지는 아니?"

"아니요… 그게 왜……?"

"테라 이 회장님과 사모님이시다. 그런데도 네가 잃어버린 반지를 테라 사모님이 훔쳤다고 주장할 거냐?"

최창구 회장의 말에 이진경의 낯빛은 초주검이 되었다.

최창구 회장의 엄한 목소리가 다시 울려 퍼졌다.

"어서 사과드리지 않고 뭐 하는 게냐?"

"죄, 죄송합니다."

이진경의 눈에서 눈물이 뚝뚝 흘러내렸다.

그러나 메리 앤은 이진이 생각했던 것보다 차가웠다.

"마지못해 사과하시는 것 같네요."
"허허허! 내 대신 다시 사과드리겠소. 노여움 푸시오."
최창구 회장이 웃으면서 메리 앤을 달래고 나섰다.
"제가 기분이 나쁜 것은 비단 도둑으로 오해받아서가 아니에요. 백화점 경영자의 사모님이란 분이 절차를 깡그리 무시하고 마치 상전처럼 고객에게 횡포를 일삼아서예요."
메리 앤의 똑 부러진 말에 최창구 회장의 낯빛이 어두워졌다.
이진은 잠자코 있었다.
"그렇지만 존경받는 회장님께서 이렇게까지 말씀하시니 제가 사과를 안 받을 수는 없네요."
"오! 고맙소. 역시 듣던 대로 스케일이 남다른 분이시군요."
메리 앤은 최창구 회장을 들었다 놨다 했다.
"다시 사과드려라."
"죄, 죄송합니다. 사모님! 오해가 있었습니다."
다시 이진경이 사과를 한다.
그러나 이진이 보기에 진심으로 사과하는 모양새는 아니었다.
메리 앤이 어찌하는지 지켜볼 요량이었다.
"사과 받을게요. 그 콩알만 한 다이아몬드 반지, 꼭 찾길 바랄게요."
뼈가 있는 데다 뒤끝이 상당히 내포된 말이었다.

그걸 눈치채지 못할 사람은 아무도 없었다.

그러나 누구도 문제 삼지는 않았다.

"넌 그만 나가 보거라."

최창구 회장이 둘째 며느리를 내보냈다.

"내 젊은 두 분께 부끄럽소."

"아닙니다, 회장님! 오해가 있을 수도 있지요."

이진은 담담하게 말을 받았다.

"기왕 만난 김에 잠시 시간 좀 내 주실 수 있겠소?"

"그럼요. 이것도 다 회장님과 서둘러 만나라는 의미가 아닐는지요."

이진이 웃으며 화답했다.

메리 앤이 자리에서 일어났다.

"잠깐만 기다려 줄래?"

"예."

메리 앤은 대답을 한 후 최창구 회장에게도 인사를 했다.

최창구 회장이 일어나 인사를 받고는 다시 자리에 앉았다.

"내 진즉에 만나 투자를 좀 부탁드릴까 했습니다만……."

"송구합니다, 회장님!"

SD텔레콤 측에서는 이진의 입국 초기부터 연락이 있었다.

그러나 지금까지 이진은 연락을 받지 않았다.

그렇다고 지금 최창구 회장이 무얼 제안하려고 하는지 모르지는 않았다.

SD텔레콤 역시 상당한 금액을 반도체에 투자한 상태였다.

그리고 반도체 가격이 하락하면서 경영에 곤란을 겪고 있었다.

심지어 청주 쪽에 두 번째 공장을 준공하고도 제대로 가동도 못하는 상태.

하루하루 막대한 운영 자금만 날아가고 있었다.

원래는 성산전자에 인수 의향을 타진 중이었는데, 그사이 금융 위기가 터지면서 테라가 성산전자를 인수해 버린 것.

아무튼 심각한 자금난에 봉착해 있는 것은 분명했다.

"내 다름이 아니라 우리 반도체에 투자를 좀 하시는 건 어떨까 해서요."

"반도체는 유망한데 포기를 하시렵니까?"

이진은 단도직입적으로 물었다.

이미 4대 기업을 어떻게 사들였는지를 알 것이다.

그러니 그냥 투자를 바라는 것은 아닐 것.

문제는 이진이 반도체보다는 통신을 인수하고 싶다는 데 있었다.

SD그룹은 섬유로 출발했다.

이후 국영 석유 기업을 인수해 주력 사업인 석유화학으로 확장했고, 이어 지금에 와서는 건설, 종합 무역, 화학, 정유, 관광, 플랜트 산업에 이르기까지 문어발식으로 확장한 상태.

IMF 당시 정리를 했다지만 여전히 수익 구조가 좋지 않은 사업들이 상당히 많았다.

　사실 반도체, 그리고 백화점이나 호텔 같은 것은 사들이면 안 되는 사업이었다.

　백화점, 호텔도 반도체만큼은 아니어도 모두 적자인 상태라고 들었다.

　"유가 전망이 좋지 않습니까? 아실 테지만 우리가 원래 섬유화학이 주력이라……."

　소문을 들은 모양이다.

　이미 성산과 현도 자동차에 석유와 관련된 상당한 자산을 매수 대가로 넘겼다는 걸 알고 있는 것이다.

　"스위트 스폿(Sweet Spot)을 어느 정도로 보십니까?"

　"그야 이 회장이 더 잘 아실 테지만, 최소 90달러 선은 유지하지 않겠소?"

　이진은 고개를 끄덕일 뿐 아무런 언질도 하지 않았다.

　스위트 스폿은 금융 시장과 경제계에서 전망하는 적정한 유가 수준을 말한다.

　이때만 해도 다들 그 수준을 높게 잡았다.

　그러나 이제 불과 3년 내지 4년 후면 국제 유가는 폭락하기 시작한다.

　심지어 배럴당 30달러 아래로까지 곤두박질친다.

　그러나 그걸 지금 아는 사람은 없었다.

또 아무리 통신 사업의 전망이 좋아도 석유는 없으면 안 되는 것.

지금까지 모든 사람들의 생각이 그렇다.

둘 중 하나를 포기하라면 최창구 회장은 분명 통신을 포기할 것이 확실했다.

이진은 미끼를 던졌다.

"SD 통신 대주주로 우리 테라가 오를 수 있다면 아직 남아 있는 에너지 관련 자산이 꽤 있습니다만……."

"흠!"

최창구 회장이 난색을 표한다.

만식이보다는 합리적인 인간이지만 욕심이 없을 수 없다.

현재 통신 시장 1위인 SD텔레콤을 내놓기 싫은 것이다.

"우리 테라에 BP 지분이 상당 부분 있습니다."

이진은 생각해 두었던 떡밥을 투척했다.

BP(Beyond Petroleum).

메이저 석유 기업이자 영국 최대 기업이다.

BP의 지분을 가질 수 있다면 SD는 석유 화학 분야에서 엄청난 시너지를 얻을 수 있었다.

"통신을 팔라는 말씀인데……. 어느 정도나 생각하고 계십니까?"

"현재 주가 수준보다는 더 쳐드려야지요. 만약 제가 제시한 방향대로 가신다면 SD반도체를 한영테라 전자에서 인수할 수 있도록 다리를 놓아 드리겠습니다."

"하하하! 한영테라 전자야 어차피 이 회장 회사 아니오?"

"그럴 리가요. 저희는 경영에 개입하지 않습니다. 단지 전문 경영인이 이익을 가져다주도록 어드바이스나 하는 처지이지요."

이진은 활짝 웃었다.

최창구 회장이 고개를 끄덕인다.

"나도 이 회장처럼 그런 마인드 한번 가져 보고 싶소만……."

"정부가 도와주지 않지요?"

"잘 아시는군요. 정권이 바뀔 때마다 워낙 간섭이 심해서요."

"제가 제안한 부분을 고려해 보시고 실무 회의로 가시죠."

"알겠소. 하하하! 이렇게 만나서는 안 되는 사이인데……. 아무튼 며늘아기로 인해 심려 끼친 점 사과드리겠소."

"집사람 말처럼 회장님이 사과하실 일은 아니죠. 괜찮으시다면 호텔하고 이 백화점도 한번 고려해 보시죠."

"백화점하고 호텔까지요?"

그냥 하는 말은 아니다.

백화점하고 호텔도 지금 SD그룹에는 짐이었다.

"하하하! 집사람 기도 좀 살려 줄 겸 해서요."

"허! 확실히 우리하고는 스케일이 다르시군요. 좋습니다. 값만 잘 받을 수 있다면야……."

면담은 그렇게 끝이 났다.
이진은 최창구 회장과 인사를 하고는 밖으로 나왔다.

메리 앤은 백화점이 아닌 차에서 대기하고 있었다.
소식 듣고 달려든 매스컴으로 인해 기자들이 몰려든 탓이었다.
이진이 차에 오르자 묻는다.
"잘 끝났어요?"
"응."
"이럴 줄 알고 여기 온 건 아니겠죠?"
"그럴 리가……."
이진은 손사래를 쳤다.
"참 매너 없는 사람이네요. 정말인지는 모르지만 다이아 반지는 집에 놓고 왔다고 하더라고요."
"그건 좀 의외네."
이진은 방금 한 메리 앤의 말이 믿어지지 않았다.
그러나 상관없었다.
"백화점 직원들도 참 불친절하지?"
"그러네요. 고객보다 사장 와이프 눈치가 더 중요한 사람들이니 말이에요."
"그래서 내가 메리에게 선물을 준비했지."
"뭔데요?"

메리 앤이 궁금해하며 바짝 다가앉는다.
조수석에 앉은 오민영도 궁금한 모양이었다.
"SD백화점!"
이진의 말에 오민영은 입을 쩍 벌렸다.
그러나 메리 앤의 반응은 시큰둥했다.
"그게 무슨 선물이야?"
홱 하고 고개를 돌려 버리는 메리 앤.
오민영은 의아해하는 눈치였다.

SD텔레콤을 인수하기 위한 실무팀이 꾸려졌다.
하지만 연말이라 일단 일정은 새해로 미뤄야 했다.
그리고 대략 일주일 뒤.
뜻하지 않은 기사가 매스컴을 떠들썩하게 만들었다.

〈테라 회장 부인, 백화점에서 도둑으로 몰려…….〉
〈사라진 2캐럿 다이아몬드의 행방은?〉
〈10캐럿 다이아몬드 반지를 차고 2캐럿 다이아 반지를 훔쳤다면…….〉
〈메리 앤의 정체에 SD그룹 화들짝!〉
〈검게 염색한 메리 앤의 헤어 컬러에 이×× 여사도 못

알아봐…….〉
〈메리 앤, 정말 한국 사람이 되고 싶은 것일까?〉

모두 시사 주간지 주간대한에서 시작된 뉴스.
그러나 곧 모든 매스컴을 도배하기에 이르렀다.
그다지 우호적이지 않은 루머들이었다.
메리 앤은 어처구니없다는 반응이었다.
"모든 뉴스가 아슬아슬하게 명예훼손을 피해 가네."
"그것도 모자라 은근히 우리 테라가 외국 기업이라는 걸 강조하잖아요. 게다가 이 기사들을 보면 내가 2캐럿 다이아몬드 반지를 훔쳤을지도 모른다는 말인데?"
"그런 말은 안 쓰여 있는데?"
이진이 메리 앤의 말에 물었다.
그러자 메리 앤이 잡지 하나를 들이민다.
그리고 그 잡지에는 메리 앤이 도벽이 있어 다이아몬드를 훔쳤을 가능성은 없다고 쓰여 있다.
'가능성은 없다고?'
그런데 그다음이 문제였다.

〈그럼 테라는 왜 황급히 사고가 난 백화점을 인수하려고 할까?〉

정리해 보면 메리 앤이 도벽이 있어 2캐럿 다이아몬드 반지를 훔쳤을지도 모르고, 그래서 그걸 무마하려고 백화점 인수를 서둘렀을 수도 있다는 기사나 다름없었다.

"뭔가 조직적인 냄새가 나는데?"

"그렇죠?"

메리 앤도 그렇게 생각하는 모양이었다.

연말은 비교적 평온하게 지나갔다.

2011년이 밝았다.

이진은 무슨 생각에서인지 더 이상 SD그룹과 직접 접촉하지 않았다.

최창구 회장과 대화할 때는 당장이라도 SD텔레콤 인수에 나설 것처럼 보였다.

그런데 실무 회의가 시작되면서 원론적인 이야기만 오갔다.

SD넬레콤 쪽도 시두르지 않았다.

이진은 한영에서 종합 편성 채널 추진 사업단의 단장을 맡고 있는 강우신의 와이프 차진영을 불러들였다.

"어서 오세요, 단장님!"

"제가 회장님 집무실에 오게 될 줄은 몰랐네요."

차진영이 너스레를 떨었다.

오민영이 들어와 배석했다.

"현재 진행 상황을 좀 알아보려고요."

"작년 11월 30일 신청서 접수가 시작되고 정부 심사가 진행되고 있어요. 결론이 언제 나올지는 미지수네요."

종합 편성 채널 사업자 선정은 잡음도 많고 말도 많았다. 야당이 일제히 반기를 들었고, 여당은 밀어붙이는 추세.

"결론은 아마 연말쯤 되어야 나올 겁니다."

이진은 마치 다 아는 것처럼 차진영에게 말했다.

잠시 머뭇거리던 차진영.

"이런저런 문제로 국회에서 시끄럽지만 어쨌든 가게 될 것이란 말씀이시죠?"

"예. 경쟁은 어떻습니까?"

"솔직히 말씀드리면 저희가 가장 불리해요. 종편 신청을 낸 언론사 네 곳은 전부 정치적 배경이 있거든요."

"그러니까 내가 문제네요?"

"그렇게까지 말씀하시면……."

차진영이 이진의 말에 민망해하며 겸연쩍게 웃었다.

이진은 가만히 생각해 보았다.

모두 4개의 신규 채널로 선정된다.

하나를 보태 5개로 만들든지, 아니면 누구 하나를 포기하게 만든 후 그 자리를 차지할지가 관건.

"SD그룹이 사실상 중조일보를 지배하는 것이나 마찬가지죠?"

"잘 아시네요. 나머지도 마찬가지예요. 성산그룹이 하나, 조선일보 계열이 하나, 그리고 한국경제일보도 HA그룹과 관련 있어요."

다들 관련은 있지만 관련이 없는 것처럼 보인다.

어쨌든 소위 미디어법이란 것은 재벌이 방송을 장악할 수 있는 길을 열어 준 것이나 마찬가지.

아무리 방통위가 관리 주체라 해도 복잡한 지분 구조를 가지게 되면 그걸 감독하기는 힘들 것으로 보였다.

이진은 이미 개정된 미디어법의 핵심 내용을 파악한 상태였다.

구체적으로 신문과 방송의 겸영을 금지해 온 신문법, 방송법 등이 개정된 것.

대기업이 공식적으로 언론 지분을 소유할 수 있게 되었다.

지분 참여 조건은 각각 다르다.

지상파 10퍼센트, 종합 편성 채널과 보도 전문 채널은 각각 30퍼센트까지 가능해졌다.

또한 외국인의 방송 소유도 금지에서 허용으로 바뀌었다.

보도 채널 10퍼센트, 종합 편성 채널은 20퍼센트까지 허용했다.

방송사 1인 소유 지분 한도는 현행 30퍼센트에서 40퍼센트로 늘어났다.

"일단 국회나 방통위는 내가 미국 정치권을 통해 움직여 볼게요. 그리고 다른 곳 지분도 좀 확보합시다."

"우리 한영이 채널 하나 따내는 게 아니라요?"

차진영이 의아해했다.

"물론 그게 핵심이죠. 그리고 이참에 다른 곳 지분을 확보해 튼튼하게 하려는 겁니다. 형수님이 좀 도와주세요."

이진은 차진영을 단장님이라고 부르다가 이번에는 형수님이라고 불렀다.

이진이 듣기로 강우신과 차진영의 사이는 나쁘다고는 할 수 없었지만 좋다고도 할 수 없었다.

게다가 강우신 집안이 차진영 집안에 비해 속된 말로 기운다.

또한 강우신의 부친이 월급쟁이였으니 중견 재벌집 딸인 차진영의 입장에서는 불만이었을 수도.

그러나 이제는 상황이 달라졌다.

강우신은 한영테라 전자 CEO 자리에 앉았고, 아버지 역시 이사다.

게다가 이진과 직접 접촉할 수 있는 위치에 있었다.

이진의 입장에서 보자면 차진영이 아니라 강우신에게 힘을 실어 주고 있는 것이었다.

"이 일은 개인적으로 가죠. 확보 가능한 언론, 방송사 지분을 최대치까지 확보하려고 해요."

"그렇게 하려면 막대한 자본이 들 텐데요?"

"못 들으셨구나. 저 돈 많아요."

이진이 웃자 차진영도 웃긴 했다.

이진은 이번 일을 통해 테라의 남은 비밀 계좌 16개 중 하나를 정리하려는 것이었다.

순수한 개인 재산이다.

하나는 루블화로 인해 공식화되었고, 하나는 위안화 공격으로 공식화되었다.

또 4대 기업의 대주주가 되기 위해 부동산 자산 중 해외 자산을 투입했다.

총 3개의 은닉 자본이 음지에서 양지로 나온 것이다.

천문학적 금액이다.

하지만 남은 것이 아직 16개.

필요할 때 사용해야 묵혀 두지 않을 수 있었다.

마침 메리 앤과 송서찬이 들어왔다.

"안녕하세요, 언니!"

"어서 오세요, 사모님!"

메리 앤과 차진영이 인사를 나눴다.

차진영은 회사란 생각에서 때문인지 메리 앤을 사모님이라고 불렀다.

이진이 차진영에게 송서찬을 소개했다.

"어서 와. 이쪽은 한영제과 영업팀 송서찬 대리예요."
"예? 아, 예. 안녕하세요."
차진영이 약간 당황해하며 송서찬과도 인사를 나눴다.
그런데 여기가 제과 영업팀 대리가 낄 자리인가?
차진영이 의구심을 가질 때, 이진이 말문을 열었다.
"한영 회장님은 잘 아실 테고……."
"예. 아, 그러고 보니……."
차진영이 그제야 눈치를 챘다. 한영 소속으로 일하면서도 송서찬에 대해 파악을 못한 것이다.
전 회장의 아들이자 현 회장의 조카를 말이다.
"앞으로 이 친구가 실무를 배우면서 우리 테라 미디어 쪽 일을 할 겁니다."
"잘 부탁드리겠습니다. 송서찬입니다."
"아, 반가워요."
차진영의 안색이 살짝 굳어졌다.
마치 감시자를 붙이는 것 같은 인상을 받았을 것.
"미리 말씀드리지만, 제대로 진행이 되면 형수님은 대표이사를 맡으셔야 할 겁니다."
이진은 곧바로 그런 차진영의 입장을 고려해 떡밥을 뿌렸다.
"호호호! 제가 자격이 있을지……."
"자격이야 충분하시죠. 아무튼 이 친구는 배우는 입장이니 많이 가르쳐 주세요."

"직함은 어떻게……."

"추진단 부단장으로 가시죠."

"예. 그렇게 하겠습니다."

차진영이 순순히 대답했다.

"진행되는 동안 사옥부터 지을 생각입니다. 한 100층짜리로 2개?"

"네?"

차진영의 입장에서 볼 때는 어마어마한 생각이 아닐 수 없었다.

억 소리가 났다.

100층짜리 건물 2개를 짓는 것을 마치 개집 짓는 것처럼 말하는 이진.

"그 사업이 지방 정부의 도움을 끌어낼 거예요. 약간은 도움이 되겠죠?"

"예. 그렇긴 하겠네요. 고용도 상당 부분 발생하니 정부도 좋아할 거예요. 그런데 무슨 용도로?"

"당연히 방송국이죠. 다른 하나는 구제금융센터를 지을 생각이에요."

사실 제주에 지을 건물은 블록체인 복합금융센터로 만들 생각이었다.

"그럼 방송국 건물은……?"

"역시 100층짜리로 수도권이 좋겠네요."

"100층이나……. 방송국이 입주하고 임대를 준다고 해도 그게 수익성이 있을지……."

"수익성을 따질 필요는 없어요. 한 30층부터는 호텔식 아파트로 가도 되고……."

차진영은 곧바로 알아들었다.

사회 간접 자본 투자라는 사탕을 정부에 물려 주려는 것.

"그럼 두 분이 인사도 할 겸 시간 좀 가지세요."

"그럴까요?"

차진영이 송서찬과 함께 자리에서 일어났다.

둘이 나가자마자 메리 앤은 조심스럽게 물었다.

"한데 왜 SD텔레콤 주식은 공매도를 해요?"

"응. 아무리 생각해 봐도 메리한테 한 짓이 괘씸해서……."

"말도 안 돼. 왜요?"

"선물이 안 와서 그래."

이진은 갑자기 선물 이야기를 꺼냈다.

"선물이요?"

"먼저 안 나서면 최 회장이 백화점을 선물로 넘기지 않을까 생각했거든."

메리 앤이 어이없다는 표정으로 웃었다.

백화점 때문인 것처럼 말하지만 속셈이 따로 있다는 걸 모를 리 없었다.

"그러지 말고 어떻게 하려는 건지 말 좀 해 줘요. 나 답답해!"

메리 앤은 답답할 만했다.

늘 손발을 맞춰 가며 일을 해 왔었다.

그런데 삼둥이가 태어나면서 큰일들이 진행되는데 메리 앤은 끼지 못하고 있었으니 답답할 만도 했다.

"비밀인데?"

"정말 그럴 거예요?"

이진이 의뭉스럽게 웃으며 힌트를 줬다.

"최창구 회장이 그냥 내주겠어? 아마 주가 올리려고 혈안이 되어 있을 거야."

"아! 내가 왜 그 생각을 못했을까?"

그제야 메리 앤이 눈치를 챘다.

총성 없는 전쟁이란 걸 잊은 것이다.

"아무래도 나 이제 가정주부나 해야 되려나 봐."

메리 앤이 앓는 소리를 했다.

최창구 회장이 아들 삼형제 내외를 모두 SD그룹 회장실에 불러들였다.

다들 얼굴에 불만이 가득한 상황.

단, 둘째 며느리 이진경만 고개를 푹 숙인 채 죽을죄를 지은 양 바닥만 바라보고 있었다.

자기가 한 일 때문에 불려 온 것이라 여긴 것이다.

근데 그 시기가 한 달이 지난 후라는 것이 의아했다.

물어볼 수는 없었다.

아니나 다를까?

"둘째야."

"예, 아버님!"

역시 최창구 회장이 둘째 며느리를 불렀다.

"괜찮다. 백화점 사건은 신경 쓸 거 없어."

의외였다. 설마 시아버지가 저렇게 나올 줄은.

"여긴 미국이 아니다. 우리 가게에서 못할 일 한 것도 아니지."

"송구합니다, 아버지!"

둘째 아들 최인준이 고개를 숙였다.

"한데 그 테라 회장이란 젊은 놈 말입니다. 정말 안하무인 아닙니까?"

장남 최인성이 아버지 최창구 회장을 바라보며 불만을 터트렸다.

최인성은 현재 SD텔레콤 사장.

자기가 경영하는 회사를 먹겠다고 나선 놈이니 곱게 보일 리가 없었다.

게다가 나이가 2세가 아닌 3세들과 비슷하거나 그보다도 아래다.

그런데 그런 놈이랑 거래를 트는 아버지가 못마땅했다.

거기다 장남이 공을 들이고 있는 사업장을 마치 팔 것처럼 실무 테이블 위에 올리다니?

"그렇게 감정적으로 나갈 일이 아니다. 이진 회장은 우리와는 달라. 아니, 다른 재벌들과도 다르지."

"뭐가 다른데요? 싸가지 없는 젊은 놈이 유산 상속받아서 떵떵거리는 것밖에 없잖아요."

"그게 다른 거지."

최창구 회장이 장남 최인성을 노려보며 말했다.

최인성은 얼른 고개를 숙였다.

다들 입을 다물어야 했다.

"우리 주식 다 내놓으면 남는 게 뭐가 있어?"

"그야……."

셋째 최인영 케미컬 사장이 입을 열려다 만다.

아파트하고 해외 은닉 계좌 몇 개.

그다음은 주식 판 돈?

가만히 생각해 보니 별로 남는 게 없다.

"그게 우리와 다르다. 성산 이 회장이 어떤 인간이야. 너희들이 이만식 회장 상대가 돼?"

"……."

아무도 입을 열지 못했다.

이만식 회장이 어떤 인간인지를 다들 잘 알고 있었으니까.

더구나 이만식 회장은 한 다리는 건너야 하지만 사돈이었다.

바로 최창구 회장의 동생인 최창민 SJ그룹 회장의 딸이 성산가에 시집을 가 잘 살고 있다.

확실히 잘 사는지는 모를 일이지만.

최창구 회장이 입을 열었다.

"테라 이진이란 놈은 돈밖에 없는 놈이다. 내가 알기로는 가진 지분이 다 휴지 조각이 돼도 별로 아쉬울 것이 없는 인간이야."

"그래서 진짜 파시려고요?"

"좋은 값이면 팔아야지. 그래서 지금 텔레콤 지분을 사들이는 거다."

세 아들의 고개가 일제히 끄덕거려진다.

사실 테라와의 실무 회의는 별다른 진척이 없었다.

그러는 사이 SD텔레콤 주가는 꾸준히 올라가고 있었다.

주된 상승 이유를 애널리스트들은 종편 수혜주로 포장했다.

SD그룹이 관여한 중조일보가 종편을 따낼 것이라는 기대감이 팽배했다.

하지만 진짜 주가가 오르는 이유는 SD텔레콤이 자사주

를 매입하고 있었기 때문이다.

주가 가치를 최대한 끌어 올려 매각 단가를 최대화하려는 속셈이었다.

"어제 종가가 얼마냐?"

"25만 원에 턱걸이를 했습니다. 사상 최고가입니다."

"흠! 30만 원까지 표 안 나게 끌어 올려 봐."

"하지만 자금 여력이……."

"그래서 너희 다 부른 것 아니냐?"

그제야 아들 셋은 아버지의 깊으신 의중을 알아챘다.

SD케미컬과 주력인 SD유통까지 끌어들여 텔레콤 주가를 끌어 올리려는 것이었다.

SD그룹의 핵심은 (주)SD로 정유 기업이다.

그 아래로 SD텔레콤, SD유통, 그리고 SD케미컬이 있다.

아직은 (주)SD를 최창구 회장이 장악하고 있었다.

"하지만 아버지, 우리 유통은 지금도 현금 흐름이 좋지 않은데요."

"저희 케미컬도 마찬가집니다. 글로벌 위기 이후 이제 막 침체를 벗어나는 단계잖아요."

두 아들이 앓는 소리를 냈다.

"한심한……. 은행은 뒀다 뭣에 쓰게?"

"대출까지 받으란 말씀이세요?"

"그래. 건설도 4대강 사업 부문 대출을 돌려 이 일에 투입하도록 해 봐."

"그렇게까지……."

아들들은 걱정스런 눈빛이었다.

위험한 일이 아닐 수 없었다.

그러나 최창구 회장은 그런 아들들이 한심해 보였다.

그리고 자연스럽게 테라 이진이란 놈이 떠올랐다.

자신은 물론 이만식 앞에서도 당당한 20대가 지구상에 얼마나 될까?

'그 정도 배포는 있어야 하는 것인데…….'

오늘따라 왜 이리 자식 놈들이 못나 보이는지…….

"아무튼 이번 매각 건에서 반드시 충분한 현금과 BP 지분을 받아 내야 해. 이만한 기회가 다시 올 리 없다. 테라가 마음 돌리면 지금 상황 타개해 나가는 데 적어도 10년이야."

"예, 아버지!"

"그리고 둘째야."

"예, 아버지."

"백화점은 먼저 테라에 넘겨."

"예?"

"뭔가 선물은 줘야지. 아직 어려서 그런지 지난 일을 그 여자애가 마음에 담아 두고 있는 것 같더라."

"예."

"다들 협심해서 일을 진행해. 이번 일 끝내면 다 너희들 것이니까."

최창구 회장이 아들 셋의 귀에 못을 박았다.

매도자가 돈을 번다.

당연한 얘기라고?

그러나 현실에서는 그 당연한 것을 제대로 실천하는 사람이 많지 않다.

모두 기회만 엿보기 때문이다.

무엇을, 얼마에 사면 대박 날까가 주요 관심사다.

그렇다 보니 설사 기회를 잡아도 팔 기회를 놓치고 만다.

손해를 봐서, 얼마 안 올라서, 혹은 더 오를 것 같아서.

투자자들이 이익을 얻는 때는 언제일까?

그건 당연하게도 매도할 때다.

공매도 역시 매도다.

단지 사회적 평판이 그다지 좋지 않다.

금융 시장의 중요한 투자 행위보 사리 잡았음에도 불구하고 공매도에 대한 불평이 쏟아져 나온다.

자신이 무덤을 파 놓고 못자리가 잘못되었다고 우기는 꼴.

적어도 이진의 생각은 그랬다.

SD텔레콤 주가는 액면가 500원.

사상 최고가인 25만 원을 넘어서더니 곧바로 30만 원 근처로 치고 올라갔다.

통신주 전체가 강세였다.

이유는 있었다.

한영테라 전자가 아몰레드 디스플레이 액정을 바탕으로 가장 강력한 스마트폰인 테라-1을 선보였기 때문이었다.

테라-1은 연초에 출시되자마자 곧바로 스마트폰 시장 점유율 1위에 올라섰다.

그리고 그런 스마트폰 열풍은 곧바로 SD텔레콤 주가에 영향을 미쳤다.

2월 1일 설 연휴를 하루 앞둔 주식 시장은 그런 기대감을 반영하는 것 같았다.

SD텔레콤 주가가 사상 처음으로 30만 원대를 돌파한 것.

그러나 설 연휴가 지나자 악몽이 기다리고 있었다.

천천히 공매도 포지션을 구축하던 이진은 2월 7일 개장하자마자 10퍼센트 정도 추가 공매도를 했다.

그러자 주가는 곧바로 25만 원 선으로 밀려났다.

하지만 30만 원대라는 달콤한 경험은 매수자들로 하여금 꿈을 꾸도록 만들었다.

2월 8일 이진은 글로벌 회의를 주재했다.

2011년 들어서는 첫 번째 글로벌 회의였다.

화상 회의가 시작되자 이진은 보고 없이 곧바로 지시를 내렸다.

"내일부터 통신 관련주를 일제히 팝시다."

『애플까지 포함해서 말씀이신가요?』

존 미첨이 물었다.

"예. 2007년 이후 보유한 물량을 일정 부분까지 이익 실현을 하죠."

『그렇게 하시는 특별한 이유가 있으십니까?』

존 미첨이 의아해하며 물었다.

스마트폰의 약진으로 애플 주가는 천정부지로 치솟고 있었다.

다른 통신 관련주들도 마찬가지였다.

그런데 팔다니?

"곧 SD텔레콤을 인수할 예정이에요. 이미 상당 부분 공매도를 진행했어요."

『그러시면 지금 주가는 인수에 부담이 되겠군요.』

존 미첨은 곧바로 이진의 의도를 알아들었다.

글로벌 통신주들의 약세를 SD 주가 하락의 원인으로 물타기 해 테라가 공매도한 것을 감추겠다는 의도였다.

그렇게 되면 누구도 SD 주가의 폭락을 시세 조종이라고 의심할 수 없게 된다.

게다가 미리 알고 있는 것도 있었다.

"곧 한국 방통위가 요금제 할인과 가입비 면제를 골자로 한 개선안을 발표할 겁니다."

『…내부 정보입니까?』

"그럴 리가요?"

내부 정보일 리가 없다.

아니, 박주운의 기억에 있는 정보이니 내부 정보인가?

아무튼 방통위 정책으로 인해 국내 최대 통신 업체이자 유보금을 10,000퍼센트나 쌓아 둔 채, 조 단위 수익을 내던 SD텔레콤 주가는 곤두박질칠 것이 확실했다.

그 가운데 공매도한 주식을 환매해 이익을 실현하면서 다시 지분을 확보할 예정이었다.

이미 SD텔레콤은 주가를 방어하기 위해 상당한 자금을 썼다.

아마 불법적으로 유보금까지 동원했을 가능성이 높았다.

"그 틈을 노려서 10만 원 아래까지 밀어 봐요. 그럼 견디기 힘들 겁니다."

『그때를 맞춰 인수를 하면 되겠군요. 그럼 매수 주체를 어디로 하시려는지요?』

"LD테라 생활건강으로 가죠. 통신은 이제 필수적인 국민 생활이니까요."

『그럼 LD테라 생활건강에 추가 투자가 필요하겠군요?』

"예. 원화로 조 단위 투자를 준비해 두세요."

이진은 이미 계획된 대로 일을 진행시켰다.

공매도와 방통위의 결정에 따른 주가 하락을 SD 최창구 회장은 오래 견딜 수 없을 것이다.

물론 이진이 직접 통신사를 운영할 수는 없다.

그렇게 되면 정치권은 방통위를 동원해 저지에 나설 것이 확실했다.

그러나 방법은 있었다.

미국에 상장된 주식을 다른 회사 명의로 매입해 두고, 이어 LD테라 생활건강이 일정 수준의 지분을 확보하게 하면…….

굳이 시끄러운 일 없이도 SD텔레콤의 경영권을 확보할 수 있었다.

『나머지 LD테라 생활건강에 투자한 자금은 무엇에 쓰시려고요?』

"재난 구호용 물품을 집중적으로 생산하도록 이미 지시했어요."

『재난 구호용 물품이요?』

"예. 일종의 패키지죠."

이진이 웃으며 대답했다.

이미 지난해부터 시작된 일이다.

이진은 LD 이사회에 재난 구호용 패키지 개발과 생산을 건의했다.

말이 건의이지 지시나 다름없었다.

일단 테라의 사회복지법인에 조달한다는 명목이다.

그러나 대부분은 일본 내로 반입되어 창고에 보관 중이었다.

에티오피아로 보내려면 바로 가면 되는데, 이상한 일이 아닐 수 없었다.

『저기, 회장님! 한데 저희가 LD테라 생활건강 자료를 분석했는데 재고량이 지나치게 많습니다. 이대로라면 신규 투자 자금까지 삼켜 버리지 않을까요?』

존 미첨이 의문을 제기했다. 그리고 대안이 있느냐고 묻는 것이다.

물론 대안은 있었다.

가장 먼저는 동일본 대지진이다.

이것은 구태여 빨간 펜 키워드의 도움 없이도 구상이 가능했다.

남의 재난을 통해 돈을 벌려고 하는 것은 아니다.

처음에는 그럴 생각이었다.

그러나 가만히 생각해 보니, 구호용품으로 돈을 버는 것보다 세계적으로 LD테라 생활건강의 우수성을 알리는 것이 차라리 미래의 이익에 훨씬 도움이 될 것 같았다.

그래서 필수 패키지 제품을 디자인하도록 돕고 이어 쌓아 두기 시작한 것이다.

그렇다고 무상 전달도 아니다.

동일본 대지진의 사망 실종자만 2만, 이재민만 30만이 넘는다.

일본은 부자 나라다.

그러나 아무리 일본 정부라도 예상하지 못한 재난에 곧바로 구호물품을 보낼 수는 없을 것.

급한 상황이라 원산지 가려 가며 살 여유도 없을 것이 확실했다.

LD테라 생활건강의 구호 패키지를 구매하지 않을 수 없을 것이다.

물론 일본에 대한 대비만은 아니었다.

일본 정부에서 받은 돈으로 에티오피아에 생산 라인을 지을 예정.

돈은 일본 정부가 긴급 예산으로 내고 생색은 테라가 낼 생각이었다.

"뭐, 만들어 두면 팔리겠지요. 안 팔리면 테라 재단에서 매입하든가요."

『하하하! 대범하신 건 여전하십니다.』

존 미첨이 예전처럼 웃고 만다.

뭔 생각이 있으니 그렇게 한다고 여길 것.

그러나 동일본 대지진이 일어날 것이라고 말할 수는 없었다.

"일본 내 창고 현황은 어때요?"

『미리 지시하신 대로 창고를 임대해 두었습니다만, 이미 꽉 찬 상태입니다.』

와타나베 다카기는 일본 내 물품의 이송과 보관을 담당했다.

그리고 일본 정부와 딜을 할 예정이었다.

물론 와타나베 다카기는 모른다.

어쨌든 동일본 지진이 발생하면 가장 바빠질 곳은 내각 조사실일 것.

와타나베 다카기는 이미 앓는 소리를 내면서 구호물품이 잔뜩 쌓여 팔 곳을 찾고 있다고 떠들며 돌아다니고 있었다.

그러나 정작 팔 가격을 높이 정해 누구도 당장 필요하지도 않은 구호물품을 구입하려 하지 않았다.

물론 팔 생각도 없었지만 말이다.

"잘됐네요. 창고는 추가로 바로 지을 수 있죠?"

『예. 조립식 보관 창고라면…….』

"좀 사기도 하고, 짓기도 하고 그렇게 하세요. 지역만 제가 결정할게요."

『예. 회장님께서 너무 디테일하게 가시니…….』

존 미첨이 뭔가 의심스럽다는 말을 한다.

이진은 한발 더 나아갔다.

"미리 마스크도 200만 개 정도 확보해 두세요."

『예, 회장님!』

일단 동일본 대지진 문제는 끝이 났다.

"그럼 됐고. 가장 중요한 일을 지금부터 논의해 봅시다. 블라이스?"

『예, 회장님!』

"우리하고 내가 가진 유로화를 좀 줄이고 부동산과 다른 자산을 좀 매입해야 할 것 같은데요?"

『어느 정도나 계획에 넣을까요?』

"존이 말해 봐요. 현재 테라 내의 유로 보유량이 얼마예요?"

존 미첨은 바로 대답했다.

『현재 100억 유로 안팎입니다.』

"얼마 안 되네요."

100억 유로면 거의 10조 원인데 얼마 안 된다니?

그러나 놀랄 일은 아니었다.

"거기다 한 900억 유로 정도 보태서 총 1,000억 유로 정도를 유럽 내 부동산과 골동품 매입에 집행합시다."

『……』

아무도 대답이 없었다.

지금 하는 말은 개인 재산이 또 900억 유로 정도 더 있다는 말이나 다름없었다.

"이탈리아 쪽 올해 전망이 좋지 않아요. 유망한 자산을 파악해 두었다가 매수하는 것도 좋겠어요."

『…예, 회장님!』

"크리스티하고 소더비에도 괜찮은 것이 나오는지 계속 점검을 하세요. 나하고 메리도 한두 번 나갈게요."

『예, 회장님!』

일사천리로 진행되는 회의.

이진이 이번에는 한국 내 빌딩 건설 계획을 발표했다.

"곧 한국에 100층짜리 건물 2개 착공에 들어갈 거예요. 그런데 우린 건설 쪽으로 잘 모르잖아요?"

『그럼 미국 내 건설사를 선정하시죠. 친분을 쌓은 트럼프가 어떨까요?』

존 미첨이 나섰지만 곧바로 블라이스가 반대했다.

『아마 한국 정부에서 안 좋아할걸요?』

『그렇습니다. 한국 정부가 인허가에 지장을 줄 겁니다.』

와타나베 다카기도 같은 의견.

"그럼 입찰에 붙입시다. 개당 10조 원 규모이니 20조짜리 공사가 되겠네요."

이 역시 이미 짜여 있는 계획이었다.

당연히 한국 건설 업체에 돌아가야 한다.

기술력도 괜찮고 또 정치권의 눈치도 봐야 하니까.

그러나 그보다 중요한 것이 있었다.

바로 인허가다.

『한국 내 인허가 관련 법령에 대해 그동안 조사를 해 봤습니다만 제약이 많이 따릅니다.』

"그렇죠?"

이진은 법무 담당인 마이클의 발언에 호응했다.

그리고 곧바로 지시를 내렸다.

"마이클이 직접 한국에 들어와서 로펌을 하나 세웁시다."

『그러시면 한국 내에서 영입을 하시겠단 말씀이십니까?』

"예. 대법관 출신 고문에, 검사장급들하고 지원장급들로 차리면 되지 않겠어요?"

『그럼 바로 검토에 들어가겠습니다. 그러려면 정치적으로도 회장님께서 보폭을 넓히셔야 할 것 같습니다만.』

마이클이 시원시원하게 대답했다.

한국에서 뭘 하려면 부딪치는 일들이 많다.

물론 미국도 다르지 않긴 하지만 한국은 심하다 싶을 정도.

지금 마이클은 지나치게 사람 가려서 만나는 이진의 행보를 지적하는 것이었다.

'그렇긴 하지. 아직 대통령은 물론이고 국회의원들하고도 개별적인 접촉을 한 적은 없으니······.'

이진도 마이클의 지적에 반성하지 않을 수 없었다.

어차피 사업은 사람과 사람 사이의 일.

미국의 경우는 할아버지 이유의 인맥으로 민주당이나 공화당에 영향력을 행사할 수 있었지만 한국은 아니다.

"내가 3월 이후부터는 좀 움직여 보죠."

『그렇게 해 주신다면 큰 힘이 될 것입니다.』
이진이 마이클의 지적에 화답했다.

2월 말이 다 되어 가자 이진은 메리 앤과 함께 문제의 백화점 쇼핑에 나섰다.

바로 도난 사건이 발생한 명품 숍.

"여긴 임차 계약이 얼마나 남았어요?"

메리 앤은 백화점에 들어가자마자 그 매장을 찾아가 물었다.

"사모님! 그 부분은 왜……."

테라 회장 부인인 걸 안 점장은 예전과 사뭇 태도가 달랐다.

그러나 임차 계약 문제를 거론하니 의아한 표정이었다.

세계적으로 이름이 드높은 명품 핸드백인 에르미스 매장이다.

어디든 입점을 시키고 싶다고 해서 할 수 있는 브랜드가 아닌 것.

브랜드의 가치는 에르미스만 봐도 알 수 있었다.

SD 백화점 에르미스 매장도 사정사정해 입점한 것.

그러나 점장은 알고 보니 에르미스 본사 파견이 아니라

SD그룹 둘째 며느리 이진경의 지인이었다.
"왜긴 왜겠어요? 방 빼란 소리죠."

제4장

동일본 대지진이 남긴 것

재벌집 망나니
7대독자

"사모님! 갑자기 그 무슨……?"
에르미스 점장이 황당하다는 표정으로 물었다.
오민영이 메모를 하다가 대신 대답을 했다.
"저희 사모님께서 이 백화점을 인수하셨어요."
"예?"
화들짝 놀라는 점장.
상황이 파악되자 이번에는 간청을 했다.
"사모님! 지난번 일 때문이라면 제가 사모님을 몰라뵙고……."
"지금 그런 이야기가 아니잖아요?"
메리 앤은 발끈했다.
그런 모습이 이진은 귀여웠다.

방 빼란 말도 배웠다.

"그럼 왜……. 아시다시피 저희 에르미스는 아무 곳에나 입점이 가능한 브랜드가 아닌데……."

"어디나 입점을 원하기 때문에 상관없다? 우리 손해다?"

메리 앤이 저 정도로 비합리적으로 억지를 부리는 것은 보기 드문 광경이었다.

그만큼 그때 일이 억울했던 것이 분명했다.

그다음에도 여러 번 그 이야기를 했다.

만약 자신이 삼둥이 엄마가 아니라 비서였다면 어떤 취급을 받았겠느냐며 이진에게 묻기도 했었다.

그랬으니…….

이진은 그때마다 그랬다고 해도 마찬가지였을 것이라며 달랬었다.

"임차 기간은 저희가 정하는 것으로……."

"그런 불공정한 계약이 어디 있어요?"

메리 앤이 계약을 물고 늘어졌다.

명품 브랜드 중 가장 핫한 매장들은 심지어 브랜드가 임차 기간을 정한다.

그 부분을 아예 공백으로 비워 놓는 조건으로 입점을 하기도 한다. 수틀리면 나가겠다는 것.

"정히 그러시면 본사에 제가 보고를……."

"아니에요. 내가 피에르에게 전화할게요."

"……."

아예 메리 앤이 에르미스 CEO를 들먹거리고 나서야 이야기는 끝나는 듯했다.

그런데 아니었다.

"그러시면 통화를 하시고 결정하시는 걸로……."

"이 백화점이 이제는 그냥 내 가게거든요. 내 가게에 누구 물건을 들여놓을지는 내가 정할게요. 아무튼 에르미스는 나가요."

"……."

메리 앤의 말에 점장은 더 이상 대꾸를 하지 못했다.

이진은 백화점을 통째로 메리 앞으로 인수했다.

그냥 개인 소유물이 된 것.

게다가 데보라 킴은 미국에서 명품 업계의 큰손 고객이었다.

아마 이 사실을 알면 에르미스가 항복할 것이 확실했다.

메리 앤의 계산된 행동이었다.

백화점을 더 둘러보고 있을 때, 몇 사람이 우르르 이진에게로 향했다.

최창구 회장 일행이었다.

'게임 끝인가?'

항복하러 온 것이 확실했다.

주가는 계속 내려가니 견딜 재간이 없었을 것.

이대로 나가다가 이진이 SD텔레콤 인수를 포기하면 도산할 가능성도 있었다.

 이진은 부당하게 집행된 유보금과 차입금을 빌미로 인수가격을 최대한 낮출 생각이었다.

"아니, 회장님께서 무슨 일로 여기까지……."

"이 회장! 내 긴히 할 이야기가 좀 있는데……."

 최창구 회장은 몸이 바짝 달아 있었다.

"아! 지금 애 엄마가 쇼핑 중이라……."

 토요일 오전.

 이진은 맥이 좀 풀리는 기분이었다.

 25만 원을 넘던 주가는 점점 하락해 10만 원 아래로 내려갔다.

 이진은 공매도 포지션을 정리한 후 주식을 사들였고, 최창구 회장의 지분 역시 매입했다.

 일단 5대 기업을 장악하는 데까지 성공했는데, 왠지 모르게 뭔가 빠진 것 같은 기분.

 게다가 빈센트 로스차일드와의 대화도 머릿속에서 빙빙 돌았다.

 서로 협조하자고 했다.

그러나 과연 로스차일드 가문의 전언이 진실일까?

그건 아무도 알 수 없는 일이었다.

이진은 메리 앤과 삼둥이의 오전 일과를 지켜보고 있었다.

안나가 1달러짜리 지폐를 한 장씩 나눠 준다.

"이게 뭘까요?"

"돈이요."

어릴 때는 여자아이들이 성장이 빠르다.

딸 이령이 가장 먼저 대답을 했다.

그러자 이요도 뒤따라 대답한다.

"할아버지가 세뱃돈으로 뭐 할지 정해서 이야기해 달라고 했어요."

지난 설날에 있었던 일이다.

할아버지 이유는 세뱃돈으로 1달러짜리 지폐를 한 장씩 나눠 주었다.

이것은 일종의 전통이어서 이진 역시 어렸을 때 1달러를 받았다.

안나의 시선이 셋째 이선에게로 향했다.

그때, 이선의 입에서 놀리운 말이 나왔다.

대답이 아니라 질문을 하는 것이다.

"근데 뒤의 이 눈이 날 보고 있는 것 같아요. 무슨 눈이에요?"

"……."

안나가 미처 대답을 못한 채 지폐 뒷면을 확인했다.

동일본 대지진이 남긴 것 • 125

1달러 지폐의 앞면.

조지 워싱턴 초상이 새겨져 있다.

그리고 뒷면의 독수리 문양은 미국인이라면 누구나 알고 있는 국가 상징이다.

그러나 미국 지폐에 이집트 건축물인 피라미드와 '신성한 눈'이라 불리는 디자인이 그려진 것은 이해하기 힘든 부분이다.

그래서 세월이 지나면서 이것에 대한 해석이 분분했다.

그리스 신화, 이집트 신화로 해석하는가 하면.

심지어 어떤 사람들은 1935년 이 화폐 디자인을 처음 선보일 당시 대통령이었던 루스벨트와 관여한 헨리 월러스 농무장관이 프리메이슨이라는 비밀 결사 조직원이라고까지 주장하기도 한다.

그러나 명확한 이유는 아직까지 알려지지는 않고 있다.

안나는 지폐 뒷면에 새겨진 이른바 전지전능한 눈 디자인을 보고는 슬그머니 웃었다.

그 디자인의 유래에 대해 여러 가지 설이 있다는 것을 설명한다.

그리고 대수롭지 않은 발행 당시 도안의 문제라고 치부했다.

그러나 이진은 아들 이선의 말에 충격을 받았다.

눈(Eye)이다.

그리고 늘 보고 있다.

See You인 것이다.

'내가 왜 그걸 놓쳤을까?'

만약 지금 이진이 생각하고 있는 것이 맞는다면 SEE YOU는 분명 세 가문과 관련이 있었다.

그리고 그 가문 중 하나가 로스차일드다.

'이 새끼들 봐라?'

그렇다면 빈센트 로스차일드가 나타난 것은 일종의 염탐이자 탐색.

혹은 경고일 수도 있었다.

이진은 슬그머니 일어나 서재로 들어갔다.

만약 SEE YOU의 정체가 그들이라면?

그들은 바로 록펠러, 로스차일드, JP모건이다.

그런데 이진은 JP모건에 TRI 기업 공개를 맡겼다.

오래된 역사와 많은 경험을 바탕으로 한 전문 은행이라 여긴 것이다.

그 결과로 TRI의 모든 자본 흐름은 즉시 JP모건에, 그리고 SEE YOU에 공개된 것이나 다름없었다.

그들이 모르는 것이 있다면 아마도 19개의 계좌일 것이다.

그러나 이미 2개를 오픈했고, 지금은 세 번째 오픈을 준비하고 있다.

이 역시 15퍼센트 가량 공개된 것.

'안이하게 생각했네.'

이진은 자책하지 않을 수 없었다.

'큰돈에는 큰 책임이 따르는 것인데……'

너무 해맑았나?

어쨌든 지금 당장은 상관없다.

하지만 이진이 기존 경제 체제의 틀에서 벗어나려고 하는 순간, 그들은 엄청난 위기감을 느낄 수밖에 없을 것이다.

이미 테라가 드러나지 않는 위협이라고 그들은 판단을 내리고 있었을 가능성이 높았다.

이진은 빨간 펜으로 피라미드를 그렸다.

피라미드의 맨 위 꼭대기에 록펠러와 로스차일드, 그리고 JP모건이 있다.

몇 번의 시도 끝에 이진은 피라미드의 맨 아래층을 그릴 수 있었다.

거기에는 백텔, 엑손 모바일, 화이자, 뉴스코퍼레이션, 몬산토 등이 있었다.

에너지와 송자 기업들이다.

심지어 지금 이들은 식물의 종자와 생명에까지 특허권을 부여한 후 소유하고 있다.

그럼 그다음은?

이들은 누구에 의해 움직이나?

"그 위로는 BANK 아니에요?"

"응?"

너무 몰입해 메리 앤이 들어오는 줄도 몰랐다.

"맞다. 은행."

"뭐 하는 거예요?"

"그냥 그림?"

"그림치고는 너무 심각한데요? 피라미드잖아요."

"그렇지."

이진은 석유 기업과 종자 기업들의 위에 은행들을 적어 넣었다.

〈시티, 체이스, 골드만삭스, 뱅크 오브 아메리카, 웰파고, HSBC.〉

"음, 그다음은 내셔널 센트럴 뱅크 아닐까요?"

"맞네. 정부 주도의 중앙은행들이야."

"연준, 뱅크 오브 잉글랜드, 오스트리아 준비은행, 한국은행도 포함될 테고, 인민은행도 들어가겠네요?"

국가만 다르지 모두 같다.

"그다음 위층은 국제 결제 은행이겠고?"

"맞아요. IMF하고 세계은행이요."
다시 피라미드 한 층이 완성되었다.
"그럼 그 위층은?"
메리 앤이 다시 물었다.
바로 중앙은행들의 중앙은행.
그건 바로 눈이었다.
1달러 지폐에 나온 눈.
"록펠러, 로스차일드, JP 모건."
"근데 이게 무슨 의미예요?"
"피라미드 사업 해 본 적 있어?"
"피라미드라면 다단계?"
"그렇지."
"내가 왜 그런 걸 해 봤겠어요?"
메리 앤이 눈을 흘겼다.
"피라미드는 위층이 하는 일을 아래층이 모르는 게 핵심이야."
"그쪽에서 좀 놀아 보신 분 같으시네요."
이진은 웃어야 했다.
"그럼 지금 이 그림처럼 에너지 기업은 은행이 통제하고, 은행은 국제은행이 통제하고, 그 위는 세 가문이 통제한다는 말이에요?"
"그럴 수도……."

"그럼 그 통제하는 사람들의 목표는 뭔데요?"

메리는 역시 핵심을 짚는다.

목표가 있어야 한다.

그렇지 않다면 이건 그야말로 무의미한 음모론에 지나지 않게 된다.

"세계 제패?"

"말도 안 돼."

이진은 자신이 말하고도 웃고 말았다.

그러나 이진이 그냥 이진이었을 때 기록했던 내용이 떠올랐다.

〈그들은 너무 천천히 움직여 대다수의 대중들은 그들이 무엇을 하는지 결과가 나오기 전엔 알 수가 없다.〉

그 말이 지금 이걸 염두에 두고 기록해 둔 것은 아닐까?

이진은 피라미드의 맨 위에 눈을 그려 넣었다.

"선이 때문에 생각해 낸 거예요?"

"……"

"우리 선이, 생각하는 게 너무 남다르죠?"

메리 앤은 가볍게 생각하는 것 같았다.

이진은 일부러 그런 메리 앤에게 웃었다.

"맞아. 생각하는 게 다른 애들 같지 않네."

"그럼 하던 것 마저 해요. 난 점심 준비할게요."

"그래."

메리 앤이 나가자 이진은 더 깊은 고민에 들어갔다.

이훈이 죽기 전 두바이에 간 이유는 기록에 나와 있었다.

바로 석유 자산을 더 확충하려는 의도였다.

에너지다.

지금도 세상은 에너지와 식량이 통제하고 있다.

그리고 그 에너지와 식량을 통제하는 것은 거대 금융 자본.

비약일까?

그러나 이럴 때는 어떻게 한다고 했던가?

방법이 있었다.

'모든 것이 말이 되지 않는다면 돈을 따라가라.'

이진은 돈을 따라가기 시작했다.

2011년 3월 11일, 14시 46분.

일본 도호쿠(東北) 지방에서 일본 관측 사상 최대인 리히터 규모 9.0의 지진이 발생했다.

그 소식은 로히터를 통해 한국 시간 3시가 좀 지나 이진에게 전달되었다.

초대형 쓰나미가 센다이시 등 해변 도시들을 덮쳤다.

도쿄(東京)를 비롯한 수도권 일대까지 건물 붕괴와 대형 화재가 잇따르며 피해가 속출했다.

특히 지상으로 밀려든 대규모 쓰나미로 인해 전원 공급이 중단되면서 후쿠시마현에 위치한 원전의 가동이 중지되어 방사능 누출 사고가 발생했다.

3시 30분이 지나자 와타나베 다카기가 연락을 해 왔다.

"가지고 있는 구호물품들 중 일부를 가까운 곳부터 무상 지원하세요."

(무상 지원이요?)

"예."

(하지만 그럼 손해가 막심할 텐데요? 지금 봐서는…….)

아직 사태가 제대로 파악되지 않고 있었다.

그렇다고 얼마나 많은 희생자와 실종자가 발생할지를 미리 말하는 것도 좋지 않아 보였다.

"쓰나미 피해가 크시 않겠어요?"

(예. 한데 아직 파악이…….)

"신속하게 비축 물량 5퍼센트 정도를 지원하고 일본 정부가 추가 요청을 하면 나머지는 파는 걸로 가죠."

(예, 알겠습니다.)

너무 장삿속을 보인다면 좋을 것이 없었다.

집계는 천천히 이루어질 것이다.

그리고 일본 정부는 피해 규모를 파악하느라 전전긍긍할 것.

아무리 재난 대비에 철저한 나라라지만 이런 초대형 재난에는 당황할 수밖에.

이진은 곧바로 구호물자 추가 생산을 지시했다.

저녁 때 퇴근한 후 TV에서 거의 40미터에 달하는 쓰나미가 일본 열도를 강타했다는 뉴스가 쏟아져 나왔다.

다음 날.

뉴스는 점입가경을 달리고 있었다.

"소식 들으셨죠, 회장님!"

심지어 사적인 이야기는 거의 하지 않는 오민영까지 물어볼 정도였다.

"그러네요. 비극적이네요."

"한데 한편으로는 고소하단 생각이 드는 건 왜일까요?"

"하하하! 그러게요. 와타나베 연결해 줘요."

이진은 웃고 말았다.

한국인이라면 누구나 갖는 일본에 대한 미묘한 감정이다.

희생자들과 이재민은 불쌍하다.
돕고 싶다.
이진도 그랬다.
그런데 그 나라가 일본이라면 생각이 달라진다.
박주운은 더했다.
하지만 이서경은 달랐다.

'그게 다 콤플렉스야. 하여간 남 잘되는 꼴 못 보는 민족성하고는……'
'여기서 민족성이 왜 나와?'
'그럼 그렇게 고집불통으로 살아 봐. 이 김치야.'
'싫은 건 싫은 거야.'

아!
아침부터 이 무슨 개똥 같은 생각이람.
이진은 황급히 머릿속에서 이서경을 지워 버렸다.
와타나베 다카기가 연결되었다.
(죄송합니다, 회장님! 너무 많은 일들이 한꺼번에 닥쳐서요.)
"어떻게 진행되고 있어요?"
이진은 일단 현재 상황을 물었다.
(원전에서 방사능이 유출된 것은 확실합니다. 지진 해일

로 3천 명 이상이 실종된 것이 확실합니다.)

"하여간 정치인들이란……."

적어도 2만 명은 사망 내지는 실종되었을 것이다.

그리고 이재민은 100만에 육박할 것.

그러나 일본 정부 역시 한국 정부와 다르지 않았다.

자민당은 사건을 축소시키는 데 혈안이 되어 있었고, 야당들은 흠집 내기에 여념이 없을 것.

"내각 조사실에서는요?"

(예. 말씀하신 대로입니다. 뭐, 아예 패키지를 준비해 두었는데 마다할 리가 있겠습니까?)

"가격은요?"

이진이 가격을 물었다.

(부르는 게 값입니다.)

"그럼 원가의 300퍼센트 내외로 가죠."

(하지만 너무 적은 거 아니겠습니까?)

"하하하! 와타나베 조국 아니에요?"

(……)

와타나베 다카기의 말이 뚝 끊겼다.

이진은 잠깐 당황했다.

그때.

(회장님! 제 조국은 테라입니다. 한국도, 미국도, 일본도 아닙니다.)

"아! 미안해요. 내가 실언했어요."

이진은 와타나베 다카기의 말에 사과해야 했다.

늘 잊고 있는 것.

테라의 핵심들은 모두 테라를 가족처럼 여기며 살아왔다는 것.

그게 300년 넘는 역사였다.

그리고 이진의 선조들이 쌓아 올린 업적이기도 했다.

늘 가족을 챙겼고 돌봤다.

떠나도 돌보고, 배신당했다고 배신하지도 않았다.

돌아오면 다시 돌봐 주었다.

모두 백성을 품는다는 마인드에서 출발한 것.

(아닙니다, 회장님! 예민하게 굴어 죄송합니다. 4배로 가시죠.)

와타나베가 말했다.

패키지는 한 종류가 아니다.

텐트가 포함된 주거용 패키지.

개인위생 관리용 패키지.

방사능 관련 패키지.

"좋아요. 그 부분은 와타나베가 정부와 협상을 마치세요. 이온은요?"

이온은 일본 최대의 유통 업체다.

(방독면이 포함된 패키지와 생존 배낭을 보유하고 있는

지 연락이 왔습니다.)

"그럼 그것도 생활건강 쪽이랑 협의하셔서 거래하죠."

(예, 회장님.)

"그럼 수고 부탁해요."

전화를 끊었다.

이온은 역시 발 빠르게 대응하고 있었다.

이 와중에 불안감에 편승해 생존 배낭 판매에 들어가려는 것.

이진은 쓴웃음을 지은 후 향후 전개 내용을 파악하기 시작했다.

동일본 대지진의 피해 규모는 대략 30조 엔으로 추산된다.

한국 돈으로 300조가 넘는다.

일본 정부로서도 부담스러운 금액이 아닐 수 없을 것이다.

그러나 일본은 세계 최대의 채권국이다.

무려 300조 엔에 달하는 해외 순자산을 보유하고 있다.

그날 저녁 식사 시간에 할아버지 이유가 뉴스를 듣고는 넌지시 물었다.

"일본에 돈을 빌려 줄 기회가 아니겠니?"

"예. 그럴 생각입니다."

할아버지 이유의 판단은 빨랐다.

아마 동일본 대지진의 피해 규모가 드러나기 시작하면

다른 곳들도 움직일 것이 분명했다.

하지만 일본 정부가 다른 나라의 원조를 받을 가능성은 거의 없었다.

결코 달러나 유로, 혹은 위안화 지원을 받지는 않을 것.

하지만 엔화일 경우에도 그럴까?

이건 일본 해외 순자산의 상당 부분을 테라의 몫으로 만들 수 있는 기회였다.

"그러려면 아베를 만나야 할 것인데?"

"고려 중입니다. 아마 지금 만나자고 하면 스타일만 구길 겁니다."

"호호호! 아버님! 체면만 깎이게 될 것이란 말의 현대식 표현이에요."

"죄송합니다."

이진은 평소 하던 대로 말했다가 얼른 사과를 했다.

할아버지 이유도 미국에서 태어나고 자랐다.

그래서 메리 앤만큼이나 소통의 문제가 있었다.

"그거 좋은 생각이구나. 지금 우리 엔화를 내놓으면 일본 정부는 타격을 입을 수밖에 없다. 그러니 아마 해외 사사 상당 부분을 넘길 게다."

"엔화도 있으세요?"

메리 앤이 묻는다.

"밥 먹자."

할아버지 이유가 메리 앤의 궁금증을 즉시 차단해 버렸다.

 일주일 정도가 지나자 메리 앤이 삼둥이를 다 데리고 회사에까지 나왔다.
 직원들은 난리가 났다.
 삼둥이를 구경하느라 업무가 마비될 지경이었다.
"웬일이야?"
 삼둥이를 안아 주고 나서 이진이 물었다.
"웅. 안나가 아빠 일하는 거 보여 줘도 된다고 해서요."
"그래. 애고, 내 새끼들! 그럼 아빠 사무실로 갈까?"
 이진은 다리에 매달리는 삼둥이 둘을 안고 사무실로 향했다.
 늘 적막하기만 하던 사무실이 북적거렸다.
 오민영이 아이들이 좋아할 만한 간식을 준비해 내왔다.
 간식은 곧잘 먹는다.
 안나가 잘 가르치고 있는 것만은 분명했다.
 이어 오민영이 삼둥이 회사 관광 가이드로 나섰다.
 메이드들이 붙어 있어서 따로 따라다닐 필요는 없었다.
"이거 봤어요?"
"뭔데?"

메리 앤이 프린트한 종이 한 장을 내밀었다.

일본 지진 피해 기사에서 캡처한 사진이다.

"아! 생활건강에서 구호품 팔았어."

"그게 아니라……."

메리 앤이 손가락으로 텐트에 박힌 로고와 문자를 지적한다.

영문으로 적힌 테라의 로고다.

바로 메리 앤이 진행 중인 구호 단체의 정식 명칭 테라 유니버스의 로고이기도 했고.

사실 이것 때문에 일본이 구호품을 매입했다고 봐야 했다.

아마 LD테라 생활건강의 마크가 찍혔다면 일본 정부는 매입을 거부했을 것이다.

고작 어느 회사의 로고가 박혔느냐에 따라 이재민들의 구호 시기가 빨라질 수도 있고 늦어질 수도 있었다.

이진은 그런 정치 관료들의 행태가 적지 않게 미웠다.

누굴 돕는 것보다는 누가 돕느냐가 더 중요한 것이 그들이었다.

그러나 이진은 이미 생산 물품에 테라 유니버스라고 불릴 구호 단체의 로고와 마크를 박아 생산하게 했다.

그래서 일본 정부가 신속하게 매입에 나선 것.

적어도 미국 회사의 물건을 사는 것이지, 한국 물건을 사는 것은 아니라고 판단했을 것이다.

그게 그렇게 중한가?

"만들 때 원래 테라 유니버스용으로 만들었어."

"나한테 한마디 상의도 없이요?"

"그랬나?"

"그리고 이상해요. 분명 우리 것은 초기 물량 빼고는 에티오피아에서 직접 생산하기로 했잖아요."

"그랬지. 초기 물량이야."

"초기 물량을 이온에서 팔아요?"

예리한 마누라쟁이.

이진이 대답을 하지 않자 메리 앤이 묻는다.

"가끔 회장님 무서워."

"내가?"

"앞날을 다 알고 대처하는 것 같잖아요."

"무서운데 왜 안기는데."

메리 앤의 이마가 어깨에 닿는다.

"무서운 건 무서운 거고, 일단 테라 유니버스의 이미지는 확고해졌어요."

테라 유니버스 로고와 마크는 이제 매일 전 세계에 장시간 보도되고 있었다.

곧 유니세프만큼은 아니더라도 엄청난 홍보 효과를 낼 것이 분명했다.

홍보 효과가 크면 클수록 좋은 점이 있었다.

기부금이 몰려들 것이다.

그리고 메리 앤의 위상도 그만큼 올라갈 것.

모두가 다 이진의 계획이었다.

"테라 유니버스 총재님이 오늘따라 너무 약해 보이는데?"

"흥! 나하고 상의 좀 하지."

"좋은 계획 있었어?"

"그럼요. 나도 나름대로 다 짜 놓은 것이 있었죠."

"내가 지진이 일어날 줄 알았겠어? 보여 주려던 찰나에 갑자기 지진이 나서……. 다음부터는 꼭 미리 상의할게."

한 달이 지난 2011년 4월.

지난 3월 한국의 외환 보유고가 3,000억 달러를 돌파했다는 뉴스가 나왔다.

그러나 테라가 들여온 자금으로 인해 실제 한국의 외환 보유고는 비공식적으로 5,000억 달러를 상회하고 있었다.

정치적으로는 4.27 보궐 선거를 앞두고 공방이 가열되고 있었다.

주요 의제는 FTA 비준 문제.

야당의 FTA 반대는 이진이 보기에 내로남불의 전형이었다.

다음 정권 때 민주당이 권력을 잡을 테고 FTA를 성사시킬 것이니 말이다.

여당 역시 마찬가지.

국민의 이익보다는 업적을 쌓으려 발버둥 치고 있었다.

어느 쪽이든 자기가 아니면 안 된다는 식의 논리로, 국민들을 고통스럽게 만드는 것이 정치 세력이었다.

그러나 무엇보다 빅뉴스는 여전히 동일본 대지진이었다.

후쿠시마 원자력 발전소 폭발 피폭자가 400여 명이 발생했다는 뉴스가 나왔다.

그러나 사실 이건 축소 은폐나 마찬가지였다.

일본 원전 전부에서 폭발 화재가 발생했다.

전 세계 원전 보유국들은 부들부들 떨었다.

4월 11일, 이진은 일본으로 건너가 아베와 마주 앉았다.

"이번 사고로 희생되신 일본국 국민들께 조의와 위로를 표합니다."

"테라의 도움이 컸습니다. 이전에 만났다면 더 좋았을 텐데……."

이진이 볼 때 아베의 상황은 말이 아니었다.

정치적인 위기를 맞고 있었다.

그럼에도 전에 몇 차례 만나자고 한 제안을 거절한 것에 대한 불쾌감을 드러냈다.

"이렇게 만나 뵙게 될 운명이었나 봅니다."

"하하하! 이 회장이 운명론자인 줄은 몰랐군요. 한데 이렇게 급하게 만나자고 하신 걸 보면……."

무슨 꿍꿍이냐고 묻는 아베.

이진은 담담한 어조로 대답했다.

"일본국 내부 사정이 좋지 않은데 이런 통보를 하게 되어 미안하군요."

"무슨……."

아베가 의아한 표정이었다.

옆에 배석한 내각 조사실장 역시 마찬가지.

"우리 테라에서 엔화를 상당량 보유하고 있습니다. 사정이 좋지 않은 건 알지만 저희 역시 마찬가지라……."

"지금 엔화를 파시겠단 말씀이십니까?"

내각 조사실장이 발끈하면서 물었다.

이진은 곧바로 대답했다.

"예. 보유 엔화로 국제 구호 단체인 테라 유니버스의 구호자금을 조성할 생각입니다. 이번 지진으로 선집행한 구호자금이 많아서요."

"그 말씀은……?"

"이번 지진에도 저희 테라 유니버스의 자금이 큰 역할을 했지요. 지나면서 생각해 보니 서둘러 자금 확충을 해야 이런 큰 재난에 대비할 수 있을 것이란 답이 나오더군요."

"……."

아베는 아무런 말이 없었다.

잠시 생각에 잠기는 모양새다.

그러나 곧 물었다.

"그런 사적인 문제를 나와 의논하는 이유가 있습니까?"

"예. 물론이죠. 우리 테라가 보유한 엔화가 좀 많은 편이라 시장에 영향을 줄 것 같습니다. 그래서 미리 총리님께 알려 드리는 것이 도리라고 여겼습니다. 어려우신 때라……."

이진은 절묘하게 대답했다.

그러자 더 절묘하게 묻는 아베.

"하하하! 그런 문제라면 시장에 맡겨야지요. 그걸 나와 상의할 이유는……."

"한데 얼마나 됩니까?"

아베는 물러섰고, 내각 조사실장이 대신 물었다.

와타나베 다카기가 미리 조언한 예상 대화 패턴 그대로였다.

"좀 됩니다. 대략 5백 정도요."

"5백이라면……."

이진 역시 아베와 비슷한 패턴을 밟았다.

와타나베 다카기가 대신 대답했다.

"500억 엔입니다. 액수가 상당한 만큼 미리 알려 드리는 것이 도리가 아닌가 싶다고 회장님께서 여기 오신 겁니다."

"이보시오, 이 회장!"

결국 아베가 발끈하며 언성을 높였다.

"예, 총리님!"

"지금 같이 망하자는 겁니까? 500억 엔이면 우리 대일본국 1년 예산의 반입니다. 그렇게 되면……."

안다.

왜 모를까?

국제 외환시장에 그만한 양의 엔화를 테라가 내놓으면 엔화 가치는 속절없이 폭락할 것이다.

그리고 뒤따라 프로그램 매물도 쏟아져 나올 것이다.

지금 만약 그런 일이 발생한다면 일본의 경제는 뿌리째 흔들릴 수 있었다.

이진은 불쾌한 표정으로 대답했다.

"대일본국이지 않습니까. 그 정도야 감당하실 수 있으시겠죠?"

"허, 이거야 원!"

아베는 팔을 양쪽으로 뻗으며 소파에 등을 기댔다.

TV에서 보던 모습과 사뭇 달랐다.

내각 조사실장이 대신 나섰다.

"다른 방법으로 가시죠?"

"어떤 방법이요?"

이진이 물었다.

방법이 있다는 것을 암시하는 제스처다.

아베의 표정이 누그러지는 것이 보였다.

"자산으로 대체하면 어떻겠습니까?"

"자산이라면……. 일본국 소유의 해외 자산 말입니까?"

"예. 500억 엔 정도는 충분할 겁니다."

"우리 테라는 석유에서 손을 뗐는데요?"

이진은 밑밥을 깔았다. 석유는 안 하겠다고 말이다.

물론 일본도 자신들이 소유한 유전은 절대 내놓지 않을 것이다.

한때 배럴당 145달러의 고점을 찍었던 원유는 금융 위기로 33달러까지 수직 하락하기도 했었다.

그러나 지금 현재는 다시 100달러 선.

고유가가 유지될 것으로 전망되고 있었다.

기업이든 국가든 당장 석유 없이는 유지되기 어렵다는 걸 모두가 잘 알고 있었다.

하지만 이진의 생각은 전혀 달랐다.

뭐 아니면 안 된다는 식의 판단 때문에 위기에 대처하지 못하는 것.

아마 성산의 이만식 회장도 국제 유가의 빠른 회복과 고가 경신을 염두에 두고 딜을 했을 것이다.

그러나 국제 유가는 110달러 선으로 올랐다가 다시 꺾이고 말 것이다.

심지어 30달러 아래로 떨어질 것이 확실했다.

그리고 이진이 알기에 10년 안에 100달러는 절대 넘지 못한다.

"유전이 아니라면 더 좋지요. 그럼 어떤 분야를 원하십니까?"

"부동산입니다."

이진의 대답에 아베의 안색이 조금은 부드러워졌다.

이진이 유전을 내놓으라고 협박할 것이라 여겼던 것.

일본의 해외 자산 중 가장 가치 있는 것이 유전이었으니 말이다.

"성산그룹에 유전을 넘기실 때 우리 정부와 상의했더라면 더 좋았을 것을요. 부동산은 어떤 종류로……."

"뭐, 딱히 상관은 없습니다. 일본 내 부동산이라도 괜찮고요. 그렇게 하시면 엔화 가치 하락에 따른 피해는 거의 없지 않을까요?"

"500억 엔 규모의 부동산이라……. 대체 언제 엔화를 그렇게 보유하신 겁니까?"

내각 조사실장이 묻는다.

"2차 세계대전 직후죠. 그때부터 일본 정부가 채권을 많이 발행했죠. 그걸 사 두었다가 바꾸셨다고 들었습니다."

"아! 선조분들이셨군요."

"예. 증조부님과 조부님께서 보유하셨던 것이죠."

전후 일본 정부의 채권을 사들이는 것은 쉬웠다.

동일본 대지진이 남긴 것 • 149

또 적대국이었던 일본의 자산을 대량 보유할 수 있는 좋은 기회라고 선조들은 여겼을 것이다.
 그러나 어찌 생각해 보면 6.25전쟁의 발발 사실을 알지 못했다면 도박이 될 수도 있을 투자였다.
 그런데 6.25전쟁이 터졌고, 일본은 빠른 복구와 경제 성장을 이루었다.
 민족의 비극이 일본에게는 축복이 된 것이었다.
 가슴이 쓰라린 일이 아닐 수 없었다.
 그러나 현재도 지정학적인 부분을 빼면 미국과 일본 둘만 합해도 중국, 러시아를 충분히 커버할 수 있다.
 일본은 보통의 한국인들이 일상적으로 생각하는 것보다 훨씬 강한 나라.
 한국은 그런 일본과 미국에 작은 땅덩어리, 그것도 반 갈라진 것 때문에 우방으로 인정받고 있는 것일지도……
 "와타나베 상?"
 "예, 회장님!"
 "나머지 협의는 와타나베 상이 하도록 하지요."
 "예, 회장님!"
 이진은 와타나베에게 그렇게 말하고 나서 인사를 했다.
 "그럼 전 협의가 진행되는 동안 엔화 매도를 중지시키겠습니다, 총리님!"
 "그렇게 합시다."

아베가 일어나 손을 내밀었다.

"더 있고 싶지만 상황이 상황인 만큼 총리님을 붙잡을 수가 없군요."

"고맙습니다. 상황이 수습되면 다시 만납시다. 사적으로라도."

아베는 사적으로란 말을 강조했다.

이진은 그렇게 총리실을 벗어났다.

총리실을 나온 이진은 바로 일본을 떠나지는 않았다.

일단 테라 유니버스에서 판 구호품이 제 역할을 하는지 직접 눈으로 확인하는 일에 나섰다.

직접 상품을 열어 보고 효용에 대해 정확한 판단을 내리기 위해 지진 해일 발생 인접 지역에까지 가야 했다.

확인한 결과는 대성공이었다.

품질이나 효용도가 일반 제품과는 비교할 수 없이 훌륭했다.

이대로 세트화할 공장을 에티오피아에 지어도 괜찮을 것 같았다.

이진은 거액의 돈을 피해 주민들에게 기부한 후 귀국길에 올랐다.

일본 매스컴은 미국인(?) 이진이 지진 해일 피해자들에게 선행을 마다하지 않았다는 뉴스를 일제히 내보냈다.

이진이 한국계란 말도 없었다.

2011년 4월 말이 되어 가자 일본 정부와의 거래가 끝이 났다.

매입 부동산 목록이 작성된 것이다.

이진은 그렇게 19개의 계좌 중 4개를 공식화할 수 있었다.

엄청난 양의 부동산과 예술품들이 테라의 소유가 되었다.

아니, 정확히 말해 이진의 개인 재산이 된 것이다.

재물이나 부를 손에 넣는 방법은 변해도, 인류가 재물이나 부를 추구하는 본질은 옛날부터 단 한 번도 변한 적이 없다.

인류 역사는 속된 말로 '쩐의 전쟁'으로 점철되어 있다.

이진의 아버지인 이훈은 영국에서 공부를 하며 성장했다.

이진이 미국에 살면서도 하버드나 예일 같은 아이비리그가 아닌 옥스퍼드에서 공부하게 된 것도 그런 연유에서다.

영국 사람들은 사업을 조직화하는 것에 특별한 재능이 있었다.

그들의 그런 역사는 'Merchant Adventurers'(모험상인조합)으로 거슬러 올라간다.

모험상인조합은 1407년, 그러니까 헨리 4세 때 처음 만들어진 조직으로 거의 해적이나 다름없었다.

심지어 해적질조차 비즈니스로 만든 것이 영국인들인 것이다.

이런 역사적 경험은 근대에 들어서면서 동인도 회사로 이어졌고, 영국의 동인도 회사를 모태로 네덜란드의 동인도 회사도 탄생했다.

이훈이 태어나서 처음 배운 것은 영국의 비즈니스 역사였고, 그것들은 이진의 교육 프로그램에 지대한 영향을 미쳤다.

그렇게 배운 것은 결론적으로 자본이란 것이었다.

영국은 세계 최초로 산업혁명을 이룬 나라다.

산업혁명을 토대로 대영제국이란 이름을 달고 세계 패권을 손에 쥐게 된다.

산업혁명이란 것이 증기기관의 발명으로 인해 촉발되었다는 것은 주지의 사실이다.

하지만 증기기관이 당시로서는 아무리 뛰어난 신기술이었다고 해도 그냥 만들어져 실용화기 될 수는 없다. 자본이 있어야 한다.

증기선을 실용화시킨 사람은 사이밍턴이란 영국인이었는데, 그 뒤에는 에든버러의 은행가인 패트릭 밀러가 있었다.

자본이 없었다면 사이밍턴이 증기선을 만들어 바다 위

에 띄울 수 있었을까?

이진은 삼둥이까지 대동한 채 영국 에든버러의 성에 도착했다.

일본 정부가 매각한 부동산의 상당 부분은 영국을 비롯한 서유럽에 있었다.

결국 서유럽의 부동산을 매각한 것은 일본 정부가 볼 때 더 이상 서유럽과 북유럽은 기회의 땅은 아니라는 의미였다.

이진도 사실 일본 정부가 서유럽의 부동산을 대거 내놓을 줄은 몰랐다.

아프리카나 남미 쪽 자산일 줄 알았는데 아니었다.

아마도 자원 때문에 그렇게 결론을 내린 것이 분명했다.

에든버러의 성안에서 삼둥이들은 메이드들의 혼을 쏙 빼놓을 정도로 돌아다녔다.

그러는 사이 이진은 예전 대학 시절 자신이 머물던 방을 살펴볼 수 있었다.

"모두 그대로 뒀대요. 회장님이 직접 가져가신 것만 빼고."
"그래?"

메리 앤이 기억을 더듬어 이진이 이곳을 떠날 당시의 상황을 설명해 줬다.

옥스퍼드는 조기 졸업했고, 샤롤이란 여자로 인해 피폐한 마음으로 떠났을 것이다.

"괜찮아요?"

"응. 괜찮아."

메리 앤은 이진이 예전의 일을 떠올릴까 걱정되는 모양이었다.

상자 하나를 열자 곧바로 액자 하나가 나왔다.

사진 속에는 이진이 있었다.

그리고 옆에는 붉은 머리카락의 백인 여자 한 명이 거의 매달려 있었다.

"난 아이들 구경시키고 음식 좀 살펴볼게요."

메리 앤은 그렇게 말한 후 대답도 듣지 않은 채 밖으로 나갔다.

미안한 마음이 들지 않을 수 없었다.

자신이 한 일이 아닌데도…….

사진 속 여자는 전혀 기억에 없었다.

메리 앤보다 미인이라는 생각이 들지도 않았다.

대체 원래의 이진은 이 여자의 어디가 그렇게 좋았던 것일까?

이진은 액자를 한참 동안 들여다보다 다른 물건들을 꺼냈다.

더 이상 사진은 없었다.

이진은 혹시나 하는 마음에 액자 뒤 나무판을 빼냈다.

그런데…….

그 자주 쓰는 효과적인 방법이 통할 줄이야.

안에서 숨겨 놓은 종이 한 장이 떨어져 나왔다.

〈Why are you so obsessed with me(왜 나한테 그렇게 집착하니)?〉

안에는 딱 한 줄의 영어 문장이 쓰여 있었다.
그러나 그 의미는 남달랐다.
이진도 아는 문구다.
영화에 나왔지만 나중에 더 알려졌다.
힐러리가 트럼프에게, 머라이어 캐리가 에미넴에게, 심지어 이스라엘이 이란을 엿 먹일 때도 이 말을 썼다.
절대로 우연일 수 없었다.
이진은 샤롤에게 무언가 의문을 품었던 것이 분명했다.
샤롤이 집착했고, 그걸 이상하게 생각했다는 뜻이 된다.
어쩌면 그래서 일부러 접근했을 수도 있었다.
더 가까워져 무언가를 알아내 보려고 했을 수도 있었다.
그런데 그렇게 사랑했다고?
어쩌면 그렇게 보이게 하려고 애를 썼을 수도 있었다.

에든버러 성에서 3일간 가족들과 휴식을 취했다.

바빠서 아이들과 놀아 주지 못한 한풀이를 했다.

그동안 한 일이라고는 백악관에 축하 메시지 하나를 보낸 것뿐이었다.

2011년 4월 30일.

오사마 빈 라덴이 미국의 특수부대에 의해 사살된다.

그런데 이진이 그 메시지를 보낸 시간이 문제였다.

잠깐 착각을 해 작전이 종료되기 전에 메시지가 전달된 것.

미래를 알고 있다고 여기지는 않겠지만 미국 내 극비 군사 작전 부분까지 테라가 인지하고 있다는 오해를 받기에는 충분했다.

이진은 다시 메시지를 보내야 했다.

〈당신이 꼭 해낼 것으로 믿어 의심치 않습니다.〉

5월 1일이 되자 이진은 런던에서 열리는 크리스티 경매에 아이들과 함께 나섰다.

동일본 대지진이 남긴 것들 중 일부 골동품이 포함되어 있었는데 그걸 처분하기로 되어 있었다.

이진은 경매 수익금을 테라 유니버스에 기부하기로 했다며 생색을 냈다.

메리 앤은 북 치고 장구 치고 다 한다며 투덜댔지만 이진은 개의치 않았다.

모두 아이들의 이름으로 기부되어 문헌에 그대로 남을 것이기 때문이었다.

삼둥이들은 카메라 세례를 받으며 경매장에 입장했고, 이진은 아이들에게 번호 하나씩을 배정해 주었다.

사고 싶은 선물을 사라는 뜻이었다.

삼둥이는 틈만 나면 번호표를 들어 올려 주변을 당황하게 하고 웃게 만들기도 했다.

그러나 워낙에 어머니 데보라 킴이 크리스티 경매의 큰손이어서 별다른 제지를 받지는 않았다.

그리고 곧 마지막 경매 작품이 나왔다.

중국 화가인 자오우키의 1959년 작 '14.12.59'였다.

자오우키는 중국의 전통인 붓과 잉크 사용해 동서양의 개념적 뿌리를 탐구하는 작가로 인정받고 있었다.

특히 '14.12.59'는 이미 2007년 홍콩 크리스티에서 380만 달러에 낙찰되었던 전력이 있었다.

시작가는 380만 달러였다.

3년 만에 다시 시장에 나온 작품이 올라봐야 얼마나 오르겠는가?

곧 400만 달러까지 오르더니 더 이상 응찰자가 나오지 않았다.

그때, 막내 이선이 번호표를 번쩍 들어 올렸다.

"450만 달러요."

"450만 달러 나왔습니다. 450만 달러. 괜찮겠어요?"

경매를 진행하던 진행자가 난감한 표정으로 물었다.

이진이 고개를 끄덕였다.

그때 다시 누군가 500만 달러를 불렀다.

뒤로 돌아봤지만 모르는 사람.

메리 앤이 귓속말로 속삭였다.

"드미트리 이브라첸코예요."

"어쩐지 콧수염이 러시아 놈 같더라."

드미트리 이브라첸코는 러시아의 억만장자였다.

이진이 대형 마트라면 적어도 동네 편의점은 된다는 뜻.

"호호호! 아무래도 우리 선이가 지겠는데요?"

메리 앤이 그 말을 하는 순간, 막내 이선이 번호표를 들었다.

경매가는 삽시간에 다시 510만 달러.

무려 50억 원이 넘는 돈이었다.

그러나 드미트리 이브라첸코가 다시 호가를 높였다.

"550만 달러 나왔습니다. 더 없으신가요?"

잠시 멈칫거리던 이선.

"1,000만 달러요."

"어머! 선아!"

이쯤 되면 간 크기가 상당히 큰 메리 앤도 놀라지 않을 재간이 없었다.

"왜요, 엄마?"

"1,000만 달러가 어떤 돈인지 알아?"

"예. 원화로는 100억 원, 유로로는 800만 유로요."

"그렇게 큰돈이 선이는 없잖아?"

"아빠가 마음에 들면 사도 좋다고 하셨어요."

"여보!"

이진도 의아했다.

오늘 한 번도 번호표를 들어 올리지 않았던 막내.

그런데 마지막에 와서 왜 저러는 걸까?

제5장

청문회

재벌집 망나니
7대독자

 메리 앤의 입에서 당황한 나머지 여보란 말이 처음 나왔다.
 아마 마음속으로는 수도 없이 불러 봤을 것인데…….
 당황하니 저절로 나온 것이 분명했다.
 구원 요청이었다.
 이진도 의아하긴 마찬가지였다.
 안나의 교육은 돈을 쓰는 교육은 아니다.
 돈을 효용에 맞게 적재적소에 적용하는 교육.
 게다가 1,000만 달러는 만 3살이 되지 않은 아이들이 부를 금액은 절대 아니었다.
 이진이 막내아들에게 물었다.
 "선이는 1,000만 달러나 되는 그림을 왜 사려는 거야?"

"그야 팔 때 오를 것 같으니까요."

쿵.

이진은 심장이 덜컥 내려앉는 것 같았다.

이게 무슨 말일까?

이제 한국 나이로 3살인데…….

"1,000만 달러 나왔습니다. 더 없으십니까?"

이미 진행자가 금액을 부르고 말았다.

그러나 그 그림을 사고 말고가 문제가 아니었다.

"1,000만 달러에 낙찰되었습니다."

경매가 종료되었다.

예상하지 않았던 물건을 산 것이다.

메리 앤은 이미 뿔이 제대로 나 있었다.

아이들이 벌써 아빠가 재벌인 걸 알고 돈을 마음대로 쓰려 한다고 여긴 것이다.

그러나 이진의 생각은 달랐다.

"안나는 대체……! 선이 너……."

"메리!"

이진은 화가 단단히 난 메리를 불렀다.

"알겠어요. 들어가서 얘기해요."

"……."

이진이 부르자 메리가 한발 물러섰다.

오민영이 낙찰된 그림의 인수 절차를 밟는 사이, 이진은 아이들을 먼저 차에 태웠다.

그리고 메리에게 말했다.

"내가 얘기할게."

"…왜요?"

"이번엔 그렇게 하자."

"알겠어요."

메리는 의아한 표정으로 이진의 말을 받아들였다.

이미 생후 36개월도 되지 않은 테라의 금수저가 크리스티 경매에서 1,000만 달러를 불렀다는 소문에 기자들이 몰려들었다.

이진은 에든버러 성에 돌아올 때까지 아무 말도 하지 않았다.

대신 막내 이선을 유심히 살폈다.

이령과 이요는 투닥거리며 끊임없이 장난을 치는데 이선은 그저 창밖만 바라보고 있다.

어린아이가 할 행동은 아니었다.

에든버러 성에 도착해 아이들을 들여보내고 나자 이진이 메리 앤에게 물었다.

"혹시 나 없을 때 집에서 무슨 일 있었던 적 있어?"

"……."

메리 앤은 의아한 표정을 지었지만 대답을 하지 못했다.

무언가 일이 있었던 것이 분명했다.
"무슨 일 있었지. 선이에게?"
"회장님! 그건……."
"괜찮아. 무슨 일인데?"
당황하니 곧바로 회장님.
이진은 그런 메리 앤을 안심시켰다.
"그게… 할아버님이 걱정하신다고 알리지 말라고 해서요. 선이가 수영장에 빠져 잠깐 의식을 잃은 적이 있었어요."
"의식을 잃었다고?"
이진은 화들짝 놀라 물었다.
"인공호흡을 해서 바로 깨어났어요. 정밀 검사를 받았는데 아무 이상 소견도 없었고요."
"그래서 할아버지가 나에게 말하지 말라고 당부를 하셨고?"
"예. 미안해요. 일도 많은데 괜한 일로 걱정할 것 같아서……."
이진의 마음은 착 가라앉았다.
분명 숨이 멎었던 것이다.
그 말은 죽었었다는 말과 다르지 않았다.
어쩌면 막내 이선은 자신과 같을 수도 있었다.
자신은 죽어 이진이 되었다.
그건 아무렇지 않은데 막상 아들이 그런 일을 겪었을 수도 있다는 생각이 들자 가슴이 찢어지는 것 같았다.
슬그머니 일어난 이진은 밖으로 나왔다.

그리고 정원에 드리워진 아름드리나무들 사이를 걷기 시작했다.

때마침 삼둥이가 간식을 먹고 밖으로 뛰어나오는 소리가 들렸다.

이진의 시선은 이선에게 고정되었다.

그저 어린아이다.

이제 간신히 뛰어다닐 수 있는…….

설사 사실이 자신의 생각과 같아도 입 밖으로 낼 수는 없었다.

뺨을 적시며 눈물이 흘러내렸다.

이진은 그렇게 울다 포기하고 말았다.

결국 할아버지 이유가 그런 것처럼 지금 자신의 생각을 말할 수가 없었다.

물을 수도 없었다.

'국민이 우리의 은행과 금융 시스템을 이해하지 않는 것이 좋다.'

1922년에 헨리 포드가 한 말이다.

지금은 그렇지 않을까?

소위 은행들은 자기 자본 비율이란 것을 지켜야 한다.

쉽게 말해 누군가가 1만 원을 예금하면 은행은 그 10퍼센트인 1천 원을 자기 자본으로 비축해야 한다.

그리고 나머지 9천 원을 대출한다.

누군가가 9천 원을 대출받은 후 어떤 사업을 시작하며 그 돈을 지불한다.

여기까지는 좋다. 당연한 것이니까.

한데 지불받은 돈이 다시 은행으로 들어가면, 즉 9천 원은 신규 예금으로 간주된다는 것이다.

원래 그 돈이 그 돈임에도 말이다.

이 과정이 반복되면 마법이 일어난다.

그리고 결국 만 원은 10만 원까지 불어난다.

실제 있는 돈은 1만 원에 불과한데, 장부상으로는 10만 원이 굴러다니는 것.

결국 금융 시스템이란 것이 실재하지 않는 9만 원이란 돈을 만들어 내는 셈이다.

이런 시스템은 17세기 금 세공업자들로부터 시작되었다고 한다.

금은 무겁다.

그렇다 보니 가지고 다니지 않고 금고에 보관한 후 영수증으로 거래를 하게 되었다.

그 영수증이 곧 금이 된 것이다.

현대 화폐의 기원이라고 불려도 과언이 아닌 것이 바로 그 영수증이다.

그렇게 영수증이 거래되다 보니 금고 대여자는 곧 영수증만으로도 금 거래를 할 수 있다는 것을 알게 되고, 실제보다 더 많은 영수증을 발행하게 된다.

그리고 그 영수증에 대한 이자를 청구한다.

바로 자기 자본 비율이란 것도 이런 식으로 생겨났다.

이것이 결국은 지금까지 내려와 은행 시스템을 구축한 것이나 다름없다.

1910년.

바로 일본이 한국을 집어삼켜 버린 그해, 미국의 제킬 섬에서 비밀회의가 개최된다.

세 가문, 즉 록펠러가, 로스차일드, 모건이 주축이 된 은행가 회의.

그리고 1913년 연준이 탄생한다.

워싱턴주의 정부 부처 전화번호부에 연준은 없다.

일반 전화번호란에서 찾아야 한다.

완전히 개인의 은행인 것이다.

그것이 지금까지 마치 공공기관인 양 위장되어 왔다.

한국은 정부가 직접 컨트롤하는 한국은행이 있어서 다르다고?

만약 그렇게 생각한다면 정말 한심한 생각이다.

달러가 기축통화이고, IMF와 세계은행도 연준의 지배를 받고 있는 것이나 다름없는데?

한국은행은 자유로운가?

어차피 지금도 세 가문이 화폐 공급권을 가지고 있다고 봐도 무방했다.

그에 더해 그들은 연준의 힘을 이용해 모든 경제 기관과 정부 기관에 내부 정보자를 심어 두고 관리 감독하고 있는 것이나 다름없었다.

테라의 장부 역시 비밀 장부를 제외하고는 벗어나지 못했다.

모건을 통해 기업 공개를 했으니 말이다.

SEE YOU는 결국 세계를 지배하고 있는 것이나 다름없었다.

그리고 테라가 위협이 되지 않는다면 시스템 내에 둘 것이지만, 아니라면 가차 없이 시스템 밖으로 밀어낼 것이 확실했다.

이런 모든 문제들을 당장 벗어날 방법이 없었다.

비약적으로 발전해 나가는 중국, 인민은행조차도 이 시스템 내에서 움직이고 있었다.

이진은 숙고하고 또 숙고했다.

그리고 이런 문제점을 해결할 수 있는 기회가 다가오고 있다는 것을 알고 있었다.

기술의 발전이다.

예를 들어 한국인들은 북한이 한국을 경제적으로 따라오려면 수십 년은 지나야 할 것이라고 은연중 생각한다.

일당 독재에다 천리마니 자력갱생이니 하는 어처구니없는 말들을 떠들어 대니 그럴 만도 하다.

그러나 여기에 기술을 대입하면 달라진다.

이진도 유발 하라리가 쓴 책을 읽은 적이 있었다.

완전한 자율 주행 자동차 시스템을 완벽하게 한 번에 도입할 수 있는 나라는 어디일까?

바로 북한이다.

한국이나 미국, 중국, 일본 어디도 그건 불가능하다.

왜냐하면 당장 운수업 종사자들의 파업에 직면할 것이다.

또 여타 관련 산업과 사회적 문제들을 해결하려면 엄청난 경비와 시간이 소요될 것은 자명하다.

그렇지만 북한은 다르다.

최고 지도자의 사인 한 번이면 모든 것이 끝이 난다.

곧바로 완벽한 시험 무대로 탈바꿈하게 되는 것이다.

그리고 그것이 그대로 적용된다면?

아마 북한 사회는 우리가 생각하고 있는 것보다 훨씬 빠르게 발전할 가능성이 있었다.

심지어 한국을 추월할 수도 있다.

기술의 발전은 이런 식으로 세상을 바꿀 수 있다.

그리고 기술이야말로 테라가 SEE YOU가 만들어 놓은 현재 금융 시스템의 틀에서 벗어날 수 있는 최선의 선택.

이런 문제들은 이진이 살아 있는 동안 실현될 수 있다고 장담하기 어려운 일이었다.

이진은 자신이 해야 할 일은 어렵더라도 밑바탕을 만드는 일임을 삼둥이를 보면서 깨달았다.

2011년 5월 6일.

알카에다가 오사마 빈 라덴이 사망했다는 것을 공식적으로 인정한 후 보복을 다짐했다.

이진은 잠시 귀국했다가 다시 미국으로 향했다.

미국 주식 시장의 시가 총액 순위는 2001년만 해도 제너럴 모터스, MS, 엑손, 시티은행, 월마트 순이었다.

전통적인 기업과 엑손 같은 에너지 관련 기업이 시가 총액 상위에 다수 포진해 있었다.

2011년에도 크게 달라지지는 않았다.

고유가로 엑손이 1위로 올라섰고, 애플이 그 뒤를 이었다. 그리고 페트로차이나, 쉘, 공상은행이 다음이었다.

에너지 기업이 약진했고, 중국 기업들의 반격이 만만치

않았다.

그 사이를 뚫고 애플이 잠시나마 시가 총액 1위를 차지하기도 했다.

그럼 2017년에는 어땠을까?

아직 일어나지 않은 일이지만 이진은 잘 알고 있었다.

애플, 구글, MS, 아마존, 페이스북.

바로 이 순서대로 정렬된다.

에너지 기업과 전통적인 산업주는 밀려나고, 첨단주가 맹위를 떨치게 된다.

이진은 도이치뱅크 인수를 전격 포기해 버렸다.

공매도로 엄청난 이익을 얻은 후 주식을 매수하지는 않았다.

이를 두고 독일계 언론들은 미국 자본의 도이치뱅크 인수가 좌절되었다고 표현했다.

하지만 이미 알게 된 내용을 확인하기 위해 로스차일드의 계략엔 놀아닐 이유는 없었다.

이진은 세계은행이나 IMF와도 거리를 두기 시작했다.

그동안은 친밀함으로 다가섰다면 이제는 적이나 마찬가지.

이진은 한국에서 머물며 향후 계획을 구상하다가 5월 10일 미국으로 향했다.

캘리포니아 팰러앨토.

바로 스티브 잡스의 자택이 있는 곳이었다.

스티브 잡스는 당연히 이진의 방문을 수락했다.

2007년 말부터 매집한 애플 지분은 12퍼센트에 달했다.

스티브 잡스에 이어 2대 주주였으니 당연한 일이었다.

또 애플은 픽사의 지배 주주였고, 이는 디즈니와도 연결되어 있었다.

애플이 망해 가다가 기사회생을 한 것이 픽사의 토이 스토리가 대박 난 덕분이라는 말이 나도는 이유는 그 때문이었다.

하지만 그런 스티브 잡스가 살아 있을 시간은 고작해야 6개월 정도였다.

"하이, 스티브!"

"하이! 언비리버블!"

이진을 맞은 스티브는 병약해 보였다.

그럼에도 웃으면서 이진을 맞았다.

21세기 현재까지 가장 뛰어난 혁신가인 스티브 잡스와의 면담은 그렇게 시작되었다.

"난 이 회장님이 그런 혁명적인 생각을 가지고 있는 줄은 몰랐군요."

스티브 잡스는 이진의 생각을 들은 직후 그렇게 말했다.

이진의 이야기는 블록체인과 통합된 가상 화폐로 집중되었다.

"너무 느닷없는 말씀이었죠?"

"아니요. 놀랍습니다."

"남들은 허무맹랑한 이야기라고 하던데요?"

"아이폰도 허무맹랑한 얘기였죠. 친구 중 하나가 누가 그렇게 큰 걸 들고 다니겠냐고 한 적도 있는걸요."

"하하하!"

이진은 스티브 잡스 앞에서 환하게 웃었다.

실질적으로 한국 테라전자가 애플의 맞수.

그리고 한국 테라전자의 지배 주주가 이진이었으니 적이나 다름없을 것인데 전혀 개의치 않는다.

"곧 죽게 된다는 생각은 인생에서 중요한 선택을 할 때마다 큰 도움이 되죠. 지금이 또 그럴 때가 아닌가 싶네요."

스티브 잡스는 웃으면서 이진에게 그렇게 말했다.

이진 역시 들어 본 적이 있는 말이었다.

스티브 잡스가 2005년 스탠퍼드 대학에서 한 연설 내용이었다.

물론 이진은 스티브 잡스 사후 책으로 그 내용을 접했다.

하지만 지금은 그때 말한 것이 가식 없는 진실임을 증명할 때였다.

"제 구상이 마음에 드셨다니 다행입니다."

"마음에 드는 정도가 아니죠. 혁명적입니다. 물론 현실에서는 그 실현이 만만치 않겠지만요."

"그럴 겁니다. 많은 저항에 부딪칠 겁니다."

이진은 스티브 잡스의 지적을 담담하게 받아들였다.

"도전은 마땅히 있어야죠. 그래야 혁신도 있을 테고요. 좋습니다. 한 달 정도 정리할 시간을 주세요."

"감사드립니다."

이진은 스티브 잡스의 말에 경의를 표하지 않을 수 없었다.

통합을 제안했다.

물론 단서가 있긴 하지만 애플의 현 위치로 볼 때 쉽지 않은 결정이 분명했다.

이만식 같으면 절대 할 수 없는 생각이었다.

더 나은 것을 위해 자신의 기득권을 포기하는 것은 아무나 할 수 있는 행동이 아니다.

이제 한 달이 지나면 애플과 함께할 수 있을지의 여부가 결정된다.

우호적인 대답을 들었지만 낙관할 수만은 없는 일이었다.

그래도 위대한 첫걸음의 첫발은 내디딜 수 있을 것.

그렇게 한국에 돌아온 이진을 기다리고 있는 건 느닷없는 청문회였다.

"아이고, 의원님! 이거 갈수록 뵙기가 더 힘듭니다."

"하하하! 그랬나요? 요즘 하도 일들이 많아서……."

"압니다. 알아요. FTA에 고유가에 얼마나 심려가 크십니까? 그나마 주가라도 올라 다행이지……."

"하하하! 주가가 올라 회장님 배가 아프신가 봅니다?"

강남의 한 일식집에서 마주 앉은 사람은 이만식 성산 회장과 황상진 국회 법사위원장이었다.

배석한 사람은 황상진 의원의 아들인 황영철과 이만식 회장의 조카인 이민지였다.

비공식적이긴 해도 둘의 소개 자리나 마찬가지.

그런데 성산 쪽에서는 이민지의 아버지가 아닌 큰아버지인 이만식 회장이 나왔다.

정계와 경제계의 두 거물은 처음부터 뼈 있는 대화를 나누었다.

2011년은 두 거물에게 좋고도 나쁜 해가 되고 있었다.

가장 핵심은 고유가였는데, 이만식 회장은 비록 평가이긴 해도 자산 가치가 상당히 높아졌다.

이진에게 받은 유전과 유전 개발권 때문이었다.

이렇게만 계속 간다면 얼마나 좋을까?

그러나 한편으로는 배가 아팠다.

사상 처음으로 종합주가지수가 2,200선을 넘어서는 데 가장 큰 역할을 한 것이 바로 과거 성산전자.

이젠 한국 테라전자라는 이름을 달고 있었지만 올레드 TV

와 역시 올레드 화면을 장착한 스마트폰으로 애플과 함께 세계 최대 기업으로 올라서고 있었으니 배가 아플 수밖에.

아무리 생각해 봐도 아까웠다.

아마 유가가 급등하지 않았다면 사기를 당했다고 여길 정도.

"둘이 인사 안 하니?"

"잘 아는 사이인데요, 뭐!"

황영철이 담담하게 이민지를 바라보며 이만식 회장에게만 인사를 올렸다.

"다시 뵙습니다, 회장님!"

"그래. 자네, 요즘 외교부에서 일한다면서?"

"예. 곧 산자부로 옮길 예정입니다."

황영철은 아버지의 후광으로 이미 외교부에 입성한 상태.

그리고 이민지는 아버지의 천성그룹 계열인 천성물산 패션 부분 팀장 자리를 꿰찬 상태였다.

"둘이 잘 어울립니다."

"그렇지요?"

황상진 의원의 말에 이만식 회장이 화답했다.

이미 황상진 의원은 이만식 회장이 테라의 이진에게 이민지를 들이댔다는 걸 잘 알고 있었다.

그 일로 아들과 이민지가 다투었다는 소리도 들었다.

그럼에도 불구하고 아무리 생각해 봐도 성산밖에는 없

었다.

비록 전자를 놓쳤지만 대규모 유전을 손에 넣었으니⋯⋯.

돈줄이었다.

"하하하! 아이들 혼사도 서둘러야 할 텐데⋯⋯."

"그러게 말입니다."

덕담 아닌 덕담이 오가더니 황영철과 이민지가 자리를 옮겼다.

그러고 나자 본격적인 대화가 시작되었다.

"배 좀 아프시겠습니다."

"예. 그래서 말씀인데⋯⋯. 지난 옵션 손해하고 성산전자 TV와 스마트폰 매출이 눈에 밟힙니다."

"그러실 테지요. 내줘서는 안 되는 것이었는데⋯⋯."

황상진 의원의 말에 이만식 회장의 표정이 구겨졌다.

감히 자신의 잘못을 지적하는 것도 기분이 나빴지만, 정말 전자가 아까웠다.

유전은 석유를 다 캐내면 끝이지만 전자는 무한 발전할 것 같아 잠이 오지도 않을 지경.

"일단 청문회까지는 가겠는데, 그놈이 출석을 할까요?"

"할 겁니다. 대기업만 5개입니다. 아마 사회적 책임이란 것을 망각하면 후폭풍이 만만치 않을 거란 걸 잘 알 겁니다."

"그렇지만 어디까지나 지주회사 아닙니까?"

"표면상 그렇지요. 하지만 사실 테라가 한국 경제의 50퍼센트를 말아먹고 있는 것이나 마찬가지 아닙니까?"

황상진 의원을 주축으로 여당 의원들이 청문회를 개최하기로 했다.

다룰 현안은 2010년 주가 폭등.

인위적으로 테라가 주가를 올리면서 시장을 교란했고, 선의의 파생상품 투자자들에게 피해를 주었다는 것이 그 이유였다.

그만큼 도이치뱅크에 반격한 테라의 공격은 많은 대기업 옵션 투자에도 손해를 끼쳤다.

그럼에도 그건 어디까지나 진짜 표면적인 이유.

지금까지는 정부도, 국회의원들도 바라고만 있었다.

어린 녀석이 워낙에 거물이다 보니 쉽게 건드리기도 어려웠다.

그리고 한편으로는 스스로 알아서 뭔가 행동을 취할 것을 기대했는데…….

청와대에서 바라는 4대강 사업에도 일언반구 대답이 없고, 대통령이 불러도 바쁘다고 코빼기도 비치지 않는다.

미운털이 확실히 박힌 것이다.

이제 이번 정부의 남은 시간은 2년여.

여기서 기강을 잡지 않으면 다음 정권을 차지해도 마찬가지일 것이 확실했다.

터를 잡기를 기다렸으니 이제는 마음대로 행동하지는

못할 것이란 게 황상진 의원의 견해였다.

"임시 국회 소집 전에 반응이 없으면 한번 털어 봅시다. 털어서 먼지 안 나는 놈 없습니다."

"그래도 국적이 미국이라……."

"그래서 기다린 거 아닙니까? 설마 대기업 5개 내놓고 미국으로 돌아가지야 않겠지요."

황상진 의원의 대답에 이만식 회장이 슬그머니 서류 봉투 하나를 내놓았다.

잘 밀봉된 봉투다.

"뭡니까?"

"제가 수집한 이진의 개인적인 자료입니다."

"흠, 도움이 되겠군요."

황상진 의원이 서류 봉투를 받아 옆으로 가져다 놓았다.

"빌딩 짓는다는 얘기 아시죠?"

"예. 100층짜리 두 개라면서요. 돈도 참 많습디다."

"한데 그 많은 돈을 저 혼자 쓰고 있으니……."

"빌딩 지으려면 통행세는 내야죠."

"당연하시오. 그것부터 일단 스톱시켜야죠."

황상진 의원과 이만식 회장의 밀담은 한참 동안 오갔다.

"청문회?"

"예. 황상진 의원이 주도한 거예요."

청문회라는 말에 어이없어하는 이진의 슈트 재킷을 받아 들며 메리 앤이 대답했다.

"그 양반이 아직도 법사위원장이야?"

"예. 이제는 여당 법사위원장이니 실세죠."

미국에서 과거 이진이 어울렸던 황영철의 아버지.

게다가 이진은 황영철을 한 번 팬 적도 있다.

그때 황상진 의원은 할아버지 이유에게 전화를 걸어 사과했다.

묻지도 따지지도 않고 사과한 것이다.

"황영철 그 자식, 뭐 하는데?"

"외교부 공무원이에요. 특채죠."

"허! 그놈이 공시에 합격했을 리는 없을 텐데?"

"공시가 뭐예요?"

"공무원 시험."

"한국엔 줄임말이 너무 많이 생겨. 하기야 황영철 씨가 공무원 시험 공부할 양반은 아니죠."

"걔가 원래 양반은 아닐 거야. 상놈이면 상놈이지."

이진의 말에 메리 앤이 입을 가리면서 웃었다.

어쨌든 한국 정부와 국회에서 기다려도 뭔가가 오지 않으니 행동에 나섰다는 뜻이었다.

그 뭔가는 당연히 정부가 추진하는 사업에 대한 투자와 정치 자금일 것이다.

정치 자금은 아마 더 바랐을 것이다.

세계 최대 재벌이 한국에 터를 잡으려면 통행세야 당연히 지불할 것이라 여겼을 테니.

하지만 이진은 별 관심이 없었다.

"신경 쓰지 마."

"그래도……. 청문회 나가지 마요."

"왜?"

"나가면 온갖 소리들 다 해 가며 흠집 내기 바쁠 텐데 뭐 하러 나가요?"

메리 앤은 걱정스런 모양이었다.

하지만 정말 청문회가 열린다면 안 나갈 수는 없다.

그걸 메리 앤이 모를 리 없었다.

그러나 이진은 그다지 신경 쓰지 않았다.

지금 해야 할 일들이 너무 많았다.

이진은 더 이상의 말없이 아이들을 만난 후 구상에 들어갔다.

현재 1위와 2위인 스마트폰 생산 업체의 지배 구조를 통

합한다.

테라전자와 애플의 통합.

그리고 그 두 회사의 단말기에 하나의 블록체인 통합 전자 지불 시스템을 구축하는 것이다.

시스템 자체를 아예 단말기 내에 내장시키는 방법을 택할 예정이었다.

그리고 애플의 영향을 받는 미국 기업과 해외 기업들의 결제 시스템.

또 테라전자와 나머지 4대 기업과 거래를 하는 국내외 모든 기업의 결제 시스템을 테라 페이로 바꿀 생각이었다.

직원들에게 지급되는 모든 급여도 테라 페이로 지불한다.

또 이를 로테 유통이 운영하는 모든 마트, 그리고 LD생활건강의 모든 제품 구매에 현금처럼 사용하도록 만들려는 것이 기본 계획.

그것을 위해서는 모든 협력 업체에 대한 결제를 즉시 현금화로 바꾸어야 한다.

당연히 엄청난 현금이 있어야 가능하다.

일반적인 대기업들은 아직도 어음을 발행하고 있었다.

현금을 쌓아 두고 이자 장사를 하려는 의도도 있지만, 현금이 그만큼 충분하지 못하기 때문이기도 했다.

결국 죽어나는 것은 어음 할인을 해야 하는 협력 업체들.

이진은 그런 구조를 개혁하기로 했다.

그렇게 되면 상당 부분에서 전자 화폐인 테라 페이는 현금처럼 쓰이게 될 것이다.

그러나 이 역시 넘어야 할 산은 많았다.

가장 문제가 되는 것은 정부.

그리고 시스템 시장을 잠식해 나가고 있는 중국의 화웨이였다.

스티브 잡스와 나눈 대화의 상당 부분은 그와 관련된 이야기였다.

기득권자들의 반격이 만만치 않을 것이란 것은 불 보듯 빤했다.

그러나 그 반격의 속도는 늦을 것이 확실했다.

지금까지 없던 것을 일시에 시행하면 대비를 할 시간이 부족할 것이기 때문이었다.

배구로 치자면 시간차 공격을 성공시킨 후 서브권을 가져와 방어에만 주력하도록 만들자는 전략.

2011년 5월 15일.

이진은 곧바로 테라 페이 구축에 들어갔다.

한국 테라전자에서 생산하는 모든 스마트폰 단말기에 테라 페이를 탑재하는 플랜.

그리고 SD텔레콤의 통신망을 이용해 결제가 가능하도록 만드는 계획이었다.

그리고 사옥 건축 계획 발표에 나섰다.

정부는 이진이 100층짜리 건물 2개를 한국에 건설할 계획이라고 발표하자 환영한다는 의사를 표명했다.

그러나 그 환영은 고작 대변인 성명에 불과했다.

제주도 센터 건립 허가는 곧바로 주민의 반대와 환경운동단체의 반발에 부딪쳤다.

이진의 계획은 국제 유가가 30달러 아래로 내려가는 2016년을 목표로 하고 있었다.

그런데 테라 센터 건축 문제부터가 꽉 막혀 버린 것.

난감한 일이 아닐 수 없었다.

이진은 할아버지 이유와 이 문제를 의논했다.

"급하면 돌아가라는 옛말이 있다."

"그 말씀은 건축 계획은 포기하란 말씀이신가요?"

"그래. 로테 빌딩을 보면 알지. 명목상 착공은 1998년이다. 한데 실제 공사는 2009년에야 들어갈 수 있었지."

할아버지 이유는 연륜에 걸맞은 의견을 제시했다.

전례가 인허가에만 11년.

2016년 완공은 불가능해 보였다.

더 늦더라도?

그러나 그것 역시 쉬워 보이지 않았다.

"주민들과 환경운동단체의 찬성을 얻어 내면 좀 늦더라도 갈 수 있지 않을까요?"

"아마 아닐 게다. 국회에서 청문회에 널 불러내려는 의도가 뭐겠니?"

"그럼 그다음은 정치권에서 물고 늘어질 거란 말씀이시죠?"

"맞다. 어쩌면 그게 더 시간이 걸릴 수도 있지."

이진은 거대 자본을 투입해 속전속결로 갈 생각이었는데 여러 가지 규제가 발목을 잡고 있었다.

롯데가 로테 빌딩을 짓는 데 인허가만 10년.

할아버지 이유가 그걸 지적하고 있었다.

"둘 중 하나다. 돈을 들여 정치권 로비에 나서든가, 그도 아니면 기존에 있는 건물을 사서 리모델링을 하든가."

"지금으로 봐서는 후자가 현실적인 대안이겠네요."

이진은 맥이 풀리는 기분이었다.

할아버지 이유는 테라의 미래 사업이 한국 내에 둥지를 틀기를 바란다.

이진 역시 마찬가지.

그런데 그 주춧돌을 놓는 문제부터 걸렸다.

"늘 허울을 버리고 실리를 택한 것이 우리 가문이다. 건물을 짓는 것보다는 사는 게 쉽지."

"염두에 두고 계신 건물이 있으세요?"

이진이 할아버지 이유에게 물었다.

"부지만 있으면 위로 올리는 것보다는 옆으로 확장하는 게 낫지. 전자에 평택 땅이 있지 않니?"

"아, 그러네요."

"이미 주변 부지도 모두 반도체 클러스터로 지정되어 있을 게다. 거기에 횡으로 100층짜리 건물을 짓는 것은 식은 죽 먹기이지."

왜 그 생각을 못했을까?

위로 빌딩을 올릴 생각만 해서 그랬을 것이다.

"미국 쪽은 웨스트버지니아 우리 땅을 쓰면 되겠고."

역시 할아버지 이유의 판단력은 넓었다.

이진은 곧바로 평택에 부지를 확보하는 것과 건축 계획에 들어갔다.

미국에서는 문제가 의외로 쉽게 풀렸다.

오바마 정부와 민주당 정부는 강력한 우군이었고, 공화당 일부 상원의원들도 테라의 편이었다.

거기다 깡촌이나 다름없는 웨스트버지니아를 개발한다고 하자 주 정부도 적극적으로 나섰다.

테라 묘역 인근 땅들은 모두 이진의 소유.

이진이 태어나자마자 곧바로 사망한 아버지 이훈에게서 받은 첫 재산이었다.

곧 평택과 웨스트버지니아가 테라의 통신 센터 건립 부지로 확정되었다.

평택 부지는 테라전자에서 테라 유니버스에 매각하는 형식으로, 웨스트버지니아의 부지는 이진이 테라 유니버스에 임대하는 형식을 취했다.

명실공히 테라 유니버스가 가장 중요한 핵심으로 올라섰다.

테라 유니버스의 주주는 아주 심플하게 구성되었다.

할아버지 이유와 어머니 데보라 킴도 빠졌다.

이진과 메리 앤, 그리고 삼둥이가 주주의 전부였다.

미국 내에 본사를 둔 구호 재단으로 등록을 하다 보니 인허가가 쉬웠다.

그렇게 숨 가쁘게 2011년 6월.

국회에서 2010년 주가 급등 사태에 대한 청문회가 열린다는 소식이 들려왔다.

한국 정치권의 불편한 심기가 겉으로 드러나기 시작한 것이다.

그리고 이진은 곧 황상진 의원의 연락을 받았다.

이진은 황상진 의원을 시내 모처 한정식집에서 만났다.

"어서 오시오, 이 회장!"

"안녕하십니까, 의원님!"

황상진 의원과 인사를 나눈 이진.

곧바로 배석한 황영철을 향해 인사를 했다.

"오랜만이네."

"그래. 이렇게 보네."

황영철이 손을 내밀었다.

간단한 인사가 오가고 나자 황상진 의원이 곧바로 물었다.

"혼자 오시지는 않으셨지요?"

"아, 예. 수행 비서가 따라왔습니다."

황상진 의원이 다시 아들 황영철에게 말했다.

"네가 나가서 비서분 식사를 대접해 드려라."

"예? 하지만 제가……."

"나가 봐. 네가 들을 이야기가 아니야."

황영철은 똥 씹은 표정이었다.

자존심이 뭉개졌을 것.

그러나 주춤거리며 일어나더니 밖으로 나갔다.

친구라면 친구일 수도 있는데, 면전에서 아들의 자존심을 짓밟아 버리는 황상진 의원.

교육이라면 교육일 것이다.

좋은 뜻으로는 그랬다.

넌 이만큼 모자라니 노력하라는 뜻을 참 잔인하게도 전달한다는 생각이 들었다.

어쨌거나 말단은 아니더라도 외교부 공무원이 낄 자리는 아니었다.

"허허! 그래도 아는 사이라고 해서 인사나 시키려고 데리고 왔습니다."

"그러셨군요."

"불쾌해하지는 마세요. 이 회장이야 대통령도 만나기 힘든 사람인데, 인사라도 하는 영광을 주려고요."

"대통령보다야 친구가 편하죠."

"그렇게 말씀해 주시니 감사합니다."

황상진 의원은 자신을 한껏 낮춘다.

아들이 공무원이어서 낄 자리가 아니라면 자신은 낄 자리인가?

미국 상원의원들도 이진을 만나는 것은 초대가 없으면 거의 불가능하다.

특별한 행사나 파티가 아니면 말이다.

'그럼 넌 날 만날 자격은 되는 거니?'

이진은 속으로 그렇게 물었다.

사실 이 자리는 꼭 나올 이유는 없었다.

그러나 한국 내에서 활동하면서 한국 정치인들이 테라에 대해 어떤 인상을 가지고 있는지가 궁금했다.

단순히 그래서 나온 것이다.

청문회가 걱정되어서가 아니라 말이다.

식사가 나왔다.

한정식 코스라 중요한 이야기를 할 수는 없었다.

"성북동 저택에서도 늘 한정식을 드신다고요?"

"늘은 아니지요."

"듣기로는 세계 최고 수준의 셰프가 5명이나 된다고 하던데……."

"할아버님의 입맛이 까다로우셔서요."

"어르신 이야기는 예전부터 많이 들었지요."

일상적인 대화 사이에 묘한 말이 나왔다.

할아버지에 대해 누가 황상진 의원에게 언질을 주었을까가 궁금하지 않을 수 없었다.

전에 이진이 황영철을 한 대 쥐어박았을 때도 곧바로 전화를 걸어 아들의 잘못이라고 사과한 황상진 의원.

누군가 연줄이 있어 할아버지에 대해 알고 있지 않고서는 결코 나올 수 없는 행동이었다.

"할아버님을 예전부터 아시는 모양입니다."

"아! 이야기로만 들었습니다. 제 아버지가 데이비드 록펠러 회장님을 압니다. 대학 동창이시죠."

이진은 눈을 빛냈다.

데이비드 록펠러는 현존하는 록펠러 가문의 최고 거물.

나이가 아흔을 넘었다.

그는 2017년 사망하는데, 그때 나이가 101살이었다.

'그래서 알게 모르게 안 것이로군.'

데이비드 록펠러는 할아버지 이유와도 교류가 있었고 뉴욕에 살았다.

테라는 적과 한 동네에 둥지를 틀고 살아왔던 것이나 다름없었다.

데이비드 록펠러는 록펠러가의 3세대이자 자선사업가로 활동했고, 맨해튼 체이스 은행의 CEO로 신세계 질서의 강력한 지지자 중 한 명이었다.

그의 자서전이나 어록은 서유럽 극우 성향의 보수파들보다 강렬했다.

'통합된 세계 정치 경제 구조, 하나의 세계를 추구하는 일에 혐의라면 나는 유죄이고 자랑스럽다.'

'그러나 세계는 이제 더 정교해지고 단일 세계 정부를 향해 행진할 준비가 되었다.'

둘 다 데이비드 록펠러가 한 말이다.

지금에 와서 생각해 보니 어쩌면 데이비드 록펠러가 SEE YOU의 핵심일 수도 있다는 생각이 들지 않을 수 없었다.

그는 또 워싱턴 포스트, 뉴욕 타임스, 타임지가 자신들에게 40년간 재량권을 존중해 줬다고 1991년에 말했다.

그 재량권이란 무엇일까?

그는 이렇게 말했다.

'40년 동안 매스컴에 노출되었다면 세계를 위한 계획을 개발하는 것은 불가능했을 것이다.'

더 말해 무엇 하랴?
"그러셨군요. 부친께서 발이 넓으셨나 보네요."
"예. 록펠러 이사장도 그렇지만, 어르신도 그래서 안 거지요."
의문이 하나 풀렸다.
황상진 의원의 부친이 록펠러를 통해 할아버지 이유를 알고 있었다.
그래서 이진이 황영철에게 주먹을 날렸음에도 사과부터 한 것이다.
이진은 그 일에 대해 전혀 언급하지 않았다.
이런저런 이야기들이 오갔다.
그리고 모든 코스 요리가 나온 후, 황상진 의원이 본론에 들어갔다.
"100층짜리 건물을 두 채 지으시겠다고요?"
"아, 예. 계획이지요."
이진이 디저트로 나온 수정과를 한 모금 마신 후 대답했다.
수정과만 한 음료도 없는데 어째서 국제화는 되지 못하는 것일까?
엉뚱한 생각을 하는 이진.

"여기저기서 걱정들이 많습니다. 아무래도 이 회장 국적이 미국이다 보니……."

"그러셨군요."

"그래서 말인데……. 우리가 여당일 때 무언가 신호를 줘야 하지 않겠습니까?"

이게 본론이었다.

신호란 당연히 돈이다.

너희와 같은 편이란 것을 돈으로 표시하라는 뜻.

이진은 직접적으로 묻지 않고 말을 돌렸다.

"그런데… 제가 청문회에는 왜 나가야 하는 겁니까?"

"예?"

이진의 질문에 천하의 황상진 의원도 당황할 수밖에 없었다.

청문회에 대한 내용들은 이미 다 알려졌다.

2010년 11월 옵션 만기일.

그날의 증시 이상 과열에 대한 조사는 테라의 주식 대규모 매입으로 결론 났다.

왜 하필이면 그날 그렇게, 그것도 단일 호가 시간에 주식을 한꺼번에 매입했느냐는 것이었다.

그 부분에 더해 2008년 기관 투자자들의 옵션 손실에 대한 부분도 은근슬쩍 끼워 넣어졌다.

그래서 참고인 신분으로 이진을 조사하기로 한 것.

그런데 당사자가 왜 나가야 하느냐고 물으니 당황할 수밖에.

"하하하! 그래서 이렇게 이 회장을 따로 만난 것 아닙니까?"

"아, 그러셨군요. 그럼 제가 청문회에 나가는 것은 확실한가요?"

"아마 그럴 겁니다."

"문제는 질의 내용이겠군요."

"역시 잘 아시는군요."

"맨입으로는 안 되겠죠?"

"크흠!"

너무 적나라했나?

이진의 말에 황상진 의원은 크게 헛기침까지 했다.

그런데 이진이 더 어처구니없는 말을 이었다.

"아무튼 이렇게 청문회에 대해 도움을 주셔서 감사드립니다."

"아… 예."

이제 시작인데?

이진이 상관하지 않고 말했다.

"나름대로 잘 준비를 해야겠군요."

"그러셔… 야죠."

나름대로 준비한다고 되는 일은 아닐 것인데…….

황상진 의원은 곧 이진이 자신들과 협상할 생각이 없다는 것을 눈치챘다.

'정성을 어느 정도나, 어떻게 보이면 될까요?'

이렇게 물었어야 했다.
그러면 자신은.

'이런저런 일들을 하시는 분들이 좀 어려우신 모양이더군요.'

요렇게 답을 하고 말이다.
그게 일반적이면서도 상식적인(?) 전개 방식인데?
지금 하는 말을 들으면 그럴 생각은 전혀 없다는 뜻이었다.
그렇단 말이지?
"아무튼 오늘 시간 내 주시고 친절하게 알려 주셔서 감사드립니다. 이 집 음식 맛이 좋군요."
"하하하! 단골집입니다. 서울에서 이만한 데는 없지요."
이진이 엉덩이를 떼는 바람에 황상진 의원도 어쩔 수가 없었다.
인사를 하고 헤어지는 수밖에.
'이놈, 어디 두고 보자.'

❖ ❖ ❖

매스컴에서는 연신 테라에 대한 비방 기사가 나왔다.
청문회 판 깔기에 나선 것이다.
태풍 메아리도 판을 바꾸지는 못했다.
심지어 집중호우로 인한 우면산 산사태가 일어나면서 16명이 죽고 50여 명이 부상을 입었는데도 신문 1면은 테라 의혹.
그러나 이진은 별로 상관하지 않았다.
심지어 메리 앤이 의구심을 가질 정도였다.
우면산 산사태가 일어난 다음 날인 7월 28일.
이진은 주식 담당 이사 존 미첨과 법무 담당 마이클을 불러들였다.
"작년에 매입한 주식 중 5대 기업 지분에 영향을 주지 않는 선에서 이익을 좀 실현해야겠어요."
"이익 실현을요?"
존 미첨이 의아해하며 물었다.
한 번 사고 나서는 절대 팔지 않을 것처럼 보였는데 말이다.
그리고 현재 한국 증시 상황도 나쁘지 않았다.
"예. 일단 2,000에 걸어 놓을 정도로만 갑시다."
"2,000까지 끌어내리란 말씀이시지요."
"예. 그렇게 하고 매집할 준비를 하시죠."

"다시 사시겠다는 말씀이십니까?"

"그야 시장 상황을 봐야죠."

"그럼 그 시한은······."

"좀 촉박합니다. 8월 4일까지 정리해 두세요."

"예. 그럼 전 나가 보겠습니다."

존 미첨이 화들짝 놀라며 자리에서 일어섰다.

불과 열흘도 남지 않았으니 서둘러야 할 일이었다.

이진은 곧바로 법무 담당 마이클에게 물었다.

"법무법인은 잘 구축이 되었지요?"

"예. 대법관 출신 이사에 역시 대법관 출신 고문까지 고용했습니다."

"아무래도 제가 청문회에 나가야 할 것 같아요."

"회장님이 구태여 그러실 필요가······."

마이클은 나갈 필요가 없다고 건의한다.

하지만 아예 나가지 않는다면 문제가 생길 수 있다.

청문회를 취소해도 그렇다.

이미 9월에 국회가 열리면 청문회가 열릴 것인데, 그게 그냥 취소되어 버린다면 누구니 테라익 로비를 의심할 것.

"어쨌든 한국 국민들을 대표하는 국회예요. 안 나가면 국민들이 의심할 겁니다. 괜한 의심을 받긴 싫어요."

"하면······."

"혹시 모르니까 청문회에 대비한 시나리오를 짜 보세요."

"하지만 그러려면 구체적인 개별 사안들이 있어야 하는데요?"

"그건 내가 알아서 할게요. 그냥 일반적인 부분 있죠? 그런 부분에 대한 자문만 되도록 해 주세요."

"예, 알겠습니다."

마이클 역시 업무를 배정받고 나갔다.

다시 며칠이 지났다.

8월 5일.

스탠더드 앤드 푸어스가 미국의 국가 신용 등급을 최고 등급 AAA에서 AA+로 한 단계 하향 조정한다고 발표했다.

이로써 세계 최고의 경제 대국인 미국의 국채 신용 등급은 영국, 독일, 프랑스, 캐나다보다 낮아지게 됐다.

연초 상승세를 이어 가던 코스피 지수는 곧바로 반응했다.

2,200선은 이미 테라가 무너뜨린 상황.

그런데도 전망은 밝았었다.

연말이면 2,500선을 넘을 것이란 관측이 우세했다.

그러나 미국의 신용 등급 하향 조정이 발표된 지 나흘 후, 코스피 지수는 장중 180P라는 경이적인 폭락장을 연출했다.

미국 신용 등급 하락과 단기 급상승에 따른 매물 때문이었다.

이진은 거기에 기름을 부었다.

2011년 8월 12일.

이진은 전방위적으로 보유한 지분을 팔기 시작했다.

3일 만에 주가는 300P 밀리면서 1,500P 아래로 곤두박질쳤다.

하루 전이었으면 13일의 금요일일 뻔했다.

어쨌든 다음 아침.

토요일임에도 불구하고 청와대에서 연락이 왔다.

민정수석과 통화를 한 이진.

곧바로 메리 앤을 불렀다.

"오늘 아이들 데리고 청와대 한번 다녀올까?"

"오늘요? 나 오늘 아이들이랑 우리 놀이공원 간다고 약속했는데?"

"그랬어?"

쩝.

이진은 입맛을 다셔야 했다.

그러자 메리 앤이 한발 물러섰다.

"그럼 아이들한테 물어볼게요."

"그래 줄래?"

이진이 반가운 기색을 하자 메리 앤이 곧바로 밖으로 나가려다 다시 몸을 돌렸다.

"왜?"

"회장님도 가요."

"내가?"

"응. 가족 투표해야지."

끄응.

절차가 복잡했다.

하는 수 없이 따라나선 이진.

삼등이 셋에게 메리 앤이 물었다.

"오늘 원래는 테라랜드에 가기로 했는데 아빠가 다른 제안을 하셨어."

"난 테라랜드 갈래."

곧바로 이요가 작은 눈을 부릅뜨며 이진을 노려본다.

이진은 얼른 턱을 들어 모르는 척했다.

"어딘데요?"

"청와대."

메리의 말에 딸 이령이 호기심 가득한 얼굴로 다시 물었다.

"그럼 대통령님도 만나요?"

"그럼."

"그럼 난 청와대!"

"배신자!"

이요가 이령을 향해 눈을 흘겼다.

그 모습에 이진은 웃어야 했다.

그때 이선이 나섰다.

"다수결로 하죠."

"뭐?"

메리 앤이 화들짝 놀랐다.

"다수결이란 말은 누가 가르쳐 줬어?"

"안나 할머니가요."

이진이 묻자 이선이 얼른 대답을 했다.

"언제?"

"우리가 함께할 놀이를 정할 때요."

"그래. 그럼 그렇게 하자."

안나가 아이들 의견이 엇갈릴 때 아마도 다수결로 결정하도록 가르친 모양이었다.

이진은 다수결에 찬성했다.

결과는 당연히 청와대로 났다.

이요가 씩씩거렸지만 반대하지는 않았다.

다수결을 받아들인 것이다.

그러나 분은 풀리지 않은 모양. 제 엄마에게 안기더니 눈물을 보인다.

메리 앤은 그런 이요를 껴안고는 눈을 찡긋했다.

이진은 할아버지 이유에게 인사를 하러 갔다.

청문회 • 203

이상한 일이었다.

아이들 일이라면 분명 먼저 나서실 것인데 오늘은 모습이 보이지 않았다.

할아버지 이유는 진찰을 받고 있었다.

"어디 불편하세요?"

"아니다. 그냥 하루라도 오래 살려고 한번 받아 보는 거지."

이진의 질문에 웃으며 말하는 할아버지 이유.

"청와대에 아이들도 가기로 했어요. 할아버지도 가시지요?"

"아니다. 오늘은 집에 있고 싶구나."

"……."

이진은 더 권해야 할지 말아야 할지 망설여졌다.

의사와 간호사가 밖으로 나갔다.

그러자 할아버지 이유가 뜻밖의 말을 꺼냈다.

"선이 때문에 걱정이 되니?"

"예?"

"애가 너무 똑똑하지. 그 아이가 아마 우리 집안 내력을 이어받은 모양이다."

"저기……."

이진은 당황할 수밖에 없었다.

혹시 당신께서 자신이 다른 사람임을 알고 있는 것은 아닐까?

"너도 알겠지만 벅찬 일일 게다. 더구나 선이는 너무 어리지. 아무리 살아 본 세월을 다시 거슬러 산다 해도 받아들이기는 쉽지 않은 나이야."

"……."

이진은 아무 말도 할 수 없었다.

지금 할아버지 이유는 집안의 내력을 말하고 있는 것이나 다름없었다.

'…아무리 살아 본 세월을 다시 거슬러 산다 해도 받아들이기는 쉽지 않은 나이야.'

할아버지 이유가 방금 한 말이 이진의 머릿속에서 거대한 울림을 일으켰다.

그 말은 할아버지 이유 역시 그랬다는 말이나 다름없다.

이진 또한 그렇다는 것이나 다름없었고.

다른 사람이 할아버지가 된 것이 아니라 스스로가 살아 본 미래를 다시 살게 되었다는 뜻.

그렇다면 아마 이진도 그래야 했을 것이다.

그러니 이진은 그렇지 않았다.

죽임을 당한 것이다.

그래서 그 이진의 몸에 박주운이 살게 되었고 말이다.

이진은 울컥했다.

여러 가지 복잡하게 갈렸던 마음들.

그리고 이 가문이 어떻게 이렇게 많은 돈을 벌 수 있었는지, 실타래처럼 엉킨 의문들이 풀려 나가는 것 같았다.

그런데 그것이 이렇게 안도의 눈물을 흘리게 할 줄이야…….

할아버지 이유의 목소리가 들려온다.

"어떤 경우에도 입에 올리지 마라. 선조들께서도 다 그러셨다. 아무리 마음이 아파도 그래야 한다."

"…예, 할아버지."

이진은 간신히 대답했다.

입에 올릴 수 없다.

자신은 심지어 이진도 아니었으니까.

만약 그 사실을 알면 할아버지 이유는 어떤 반응을 보일까?

메리는, 어머니 데보라 킴은?

인생사 새옹지마(塞翁之馬)라 했다.

복이 화가 되기도 하고 화가 복이 되기도 하는 법.

분명 신은 이 집안에 복을 준 것이 분명하다.

그러나 화도 따랐다.

이진의 아버지 이훈, 그리고 원래의 이진은 살해된 것이 분명했다.

그리고 그 자리를 박주운이 대신하게 된 것이다.

아마 원래의 이진이 더 일찍 결혼해 아이를 낳았다면…….

지금의 자신은 이 자리에 없을 것이 분명했다.

모든 것이 정리가 되는 것 같았다.

하지만 그럼에도 내 아이들이 평범할 수 없다는 것이 가슴 아팠다.

청와대에 도착하자 민정수석이 나와서 맞았다.

그리고 춘추관 앞.

대통령과 영부인이 직접 나와 기다린다.

외국 원수들에게나 베푸는 파격적인 대접이었다.

인사를 나눈 메리 앤은 영부인과 함께 아이들을 데리고 경내 구경에 나섰다.

그리고 이진은 곧바로 대통령과의 면담에 들어갔다.

비밀 단독 면담이었다.

이진은 오늘 기분이 좋았다.

막내 이선이 어쩌면 다른 사람일 수도 있다는 생각을 지울 수 있었기 때문이었다.

그렇다고 무거운 짐을 다 내려놓은 것은 아니었지만, 그래도 그마저도 고마웠다.

대통령과 마주 앉은 자리에서도 아이들과 더 자주 함께 해야겠다는 생각만 들었다.

인사는 간단히 오갔고, 본론이 나왔다.

대통령의 첫마디는 과격했다.

"이 회장! 왜 이러는 겁니까?"

"무슨 말씀이신지요, 대통령님!"

이진은 딱 잡아뗐다.

"하! 테라가 주식을 내다 파는 것을 다 압니다. 이건 불난 집에 부채질하는 꼴이지요."

"그건 어디까지나 미국 국가 신용 등급 하락에 따른 조치입니다. 워낙에 한국 경제가 미국 경제에 의존도가 높다 보니……."

"우리만 그렇습니까? 어디나 다 마찬가지이지요. 좋습니다. 그럼 내 하나 물어봅시다."

"말씀하시지요."

이진은 한국 경제는 어차피 미국 경제의 영향에서 자유로울 수 없다는 의미로 말했다.

그러고는 대통령이 부탁을 한다고 하자 정색을 하며 얼굴을 바짝 들이밀었다.

얼핏 봐서는 아주 성실한 자세였다.

"언제까지 파실 겁니까?"

"제가 주식을 산 게 문제가 되어 청문회가 열리니 반성의 차원에서라도 파는 것으로……."

이진의 말도 안 되는 대답에 대통령 이명복은 입맛을 다셨다.

웬만한 일이면 이렇게 마주 앉지 않았을 것이다.

하지만 종합주가지수가 일주일 만에 500P 이상 하락하는 데는 답이 없었다.

대통령이 항복 선언을 했다.

"그 문제라면 염려 마시오. 내 여당 의원들에게 충분히 당부하겠소."

"이제 임기가 2년 남으셨는데……."

자칫 큰 실수가 될 만한 말이 이진의 입에서 나왔다.

대통령도 이렇게 노골적인 것이 의외인 모양.

이진은 거의 직설적이었다.

이제 2년 남은 저물어 가는 권력이 여당에 통하겠느냐는 당돌한 지적이나 다름없었다.

"허허허! 하면 어쩌면 좋겠소?"

대통령은 껄껄 웃으며 물었다.

주가 하락만큼 정부에 부담을 주는 일은 없다.

모든 현안이 코스피 폭락으로 인해 뒤로 밀려난 상태.

그러니 여기서 협상안을 내놔야 했다.

현실은 소설이 아니니 계속 몰고 늘어지기보다는 빠져 나갈 구멍을 만들어 줘야 했다.

청문회는 받아들여야 한다.

안 받아들이면 그게 더 이상한 꼴이 될 것이었다.

"이미 정해진 청문회를 취소할 수는 없을 겁니다. 제가 참석하지요."

"좋소. 그럼 내 간단하게 가도록 여당 의원들을 설득하겠소. 그럼 되겠소?"

"감사드립니다."

이진은 고개를 숙여 인사를 했다.

그러나 남은 것이 있었다.

"그리고 시설 증축 문제를 좀 의논드렸으면 합니다."

"시설 증축이라니요?"

대통령이 의아해하며 물었다.

이진은 슬그머니 문서를 내밀었다.

하나는 테라가 설립할 평택 시설 건립 계획이었다.

그리고 하나는 DASS란 회사에 대한 미국 재무부의 보안 문서였다.

대통령의 안색이 굳어졌다.

개인적으로 계획 중이며 추진 중인 일을 테라가 아는 것에도 놀랐을 테지만, 이미 미국 재무부에서 손을 대고 있다는 사실에도 놀랐을 것이다.

"이건······."

"제가 오바마 재임 기간 동안은 재무부가 나서지 못하도록 손을 써 놓았습니다."

이진이 딜을 했다.

테라 유니버스 센터 건립은 가장 시급한 문제였다.

애플에서는 이미 답이 왔다.

회사 체재는 각자 유지하고 전자 결제 시스템은 테라 페이를 공통 탑재한다는 내용이었다.

그리고 이를 관련 모든 시장에 적용하는 것까지도 합의했다.

미래를 생각하면 이건 다른 어떤 사업보다 중요한 일이었다.

"그럼 내가 이 건축 계획 허가를 신속하게 처리되도록 도우면 되겠군요."

"감사드립니다."

"흠! 좋소. 아무튼 내가 본 젊은 분 중에 이 회장 같은 사람은 없었소."

"칭찬으로 듣겠습니다."

"물론 칭찬입니다. 좀 더 일찍 만났으면 좋았을 텐데……."

"그러게 말입니다."

이진은 진심으로 수긍했다.

할아버지 이유의 말이 떠올랐다.

어느 왕인들 성군이 되고 싶지 않았겠는가?

21세기의 지도자들도 마찬가지이긴 할 것이다.

그러나 막상 현실의 벽에 부딪치고 나면 그 길이 결코 만만하지 않다는 것을 절감하게 된다.

지금 대통령의 딜레마. 그리고 전임 대통령의 딜레마는

달라 보이지만 같다는 것이 이진의 판단.

미국 역시 다르지 않다.

그런 면에서 본다면 오바마는 대단한 인물이었다.

정책이야 시간이 지나야 그 공과가 드러나니 이진도 평가를 할 수는 없다.

그러나 적어도 퇴임 뒤에 그를 비난할 사적인 문제는 만들어 두지 않았었다.

'이 사람도 먼저 만나 그렇게 가자고 제안했다면 그랬을까?'

그랬을 수도 있고 아닐 수도 있다.

"그럼 내 이 회장만 믿겠소."

"예. 최선을 다해 주가 방어에 나서겠습니다."

이진은 대통령의 손을 맞잡았다.

오래 끌 일도 아니었다.

청와대 면담은 한 시간 만에 끝이 났다.

그리고 이진도 곧 경내 구경에 나섰다.

대통령 내외와 동행이었다.

"참 복도 많으시네요. 아이들이 정말 똑똑합니다."

"감사드립니다."

이진과 대통령이 다가가자 영부인이 삼둥이 칭찬을 했다.

"아장아장 걷는 나이에 민주주의도 알고요."

"그랬습니까?"

이진이 메리 앤을 바라봤다.

손가락이 둘째 이요를 가리킨다.

경내 구경을 마친 후.

다시 돌아온 다음에야 이진은 메리 앤에게 물었다.

"요가 뭐라고 했기에 그래?"

"다수결이나 자유민주주의는 오래가지 못할 거라고……. 호호호! 그때 영부인 얼굴을 회장님이 봤어야 하는데."

"요가 그렇게 말했단 말이야?"

"예. 저도 놀랬어요."

"자세히 좀 말해 봐."

"영부인이 민주주의에 대해 설명하니까 새 모델이 필요할 거라고 요가 말했다니까요?"

이진은 아무 말도 하지 못했다.

그러자 메리 앤이 덧붙였다.

"딱 바로 회장님 지금 표정이 부인 표정이었어요. 호호호!"

2011년 8월 16일.

코스피 역사는 다시 바뀌기 시작했다.

주가는 가파르게 다시 올라 2,000선을 터치했다.

테라로서는 잃을 것이 없었다.

다시 주식을 매입하면서 양을 늘릴 수 있었고, 지배 구조를 튼튼히 다질 수 있었으니 말이다.

그렇게 뜨거운 여름이 지나가고 9월이 왔다.

국회에서 출석 요구서가 도착했다.

청문회는 예정대로 열렸다.

이진은 이미 한국 내에 법무법인을 세운 마이클과 메리 앤, 그리고 대법관 출신 고문 변호사를 대동한 채 국회 청문회에 참고인 신분으로 출석하게 되었다.

한국 국회의 청문회는 성격상 조사 청문회와 입법 청문회, 감독 청문회, 인사 청문회 등으로 구분할 수 있다.

조사 청문회는 중요한 안건을 심사하거나 국정 감사 및 조사 시 필요한 경우 증인, 참고인, 감정인으로부터 증거 채택 및 증언, 진술 청취를 하는 절차.

이진의 경우는 2008년 이후 금융 감독 기관들의 감독이 정당했는지를 조사하는 조사 청문회였다.

당연히 조사 대상은 금감원이어야 한다.

그러나 세간에서는 이미 이 청문회를 테라 청문회라고 불렀다.

모든 관심은 금융감독원이 아닌 테라로 집중되어 있었다.

대통령의 약속이 있었음에도 불구하고 여당 의원, 즉 황상진 의원 쪽에서는 더 이상 어떤 언질도 없었다.

금감원장 등이 배석한 가운데 질문이 오가고 난 후에야 테라의 이름이 나왔다.

이진은 그때서야 도착해 청문회장에 발을 들였다.

자리에 앉고 나자 기획재정위원장 이해성 의원이 나섰다.

"선서하시죠."

마이클이 나섰다.

"본 변호인의 의뢰인인 진 리는 한국 국민이 아닌, 미합중국의 시민권자로서 선서를 할 의무가 없으므로 선서를 하지 않겠습니다."

"좋습니다. 한데 이곳은 법정이 아닌데 굳이 변호인께서 함께 나오실 이유가 있습니까?"

"제 의뢰인인 진 리는 한국말에 능숙하지 않고, 한국 법률에 대해 알지 못하므로 그 부분에 대한 조언이 필요할 것 같아 본 변호인이 동석하게 되었습니다."

한국말이 능숙하지 않다는 말에 이진은 씩 웃었다.

그 의미는 모든 대답을 변호사를 통해서만 하겠다는 의미였다.

"지난번 방송에서 증인……."

"의원님! 증인이 아닌 참고인임을 분명히 해 주십시오."

"예. 좋습니다. 아무튼 참석해 주셔서 감사드립니다. 착석하시죠."

청문회가 시작되었다.

"2009년에 외국 정상들이 다수 참여한 초호화 결혼식을 제주도에서 하셨고……. 그때 항공모함까지 한반도를 빙

둘러쌌다고 하던데…….″

야당 의원인 오창민 의원이 먼저 나섰다.

그런데 청문회에서 다루어야 할 내용과 아무런 관련이 없는 이야기였다.

마이클이 가만히 있을 리 없었다.

"의원님! 지금 하시는 말씀은 본 청문회에서 다루어야 할 내용과 하등의…….″

"말 끊지 마세요. 재벌이면 재벌이지 여기가 어딘 줄 알고?"

버럭 소리를 지르는 오창민 의원.

어디서 많이 본 광경이 아닐 수 없었다.

마이클이 다시 입을 열려 하는 걸 이진이 제지했다.

"세계 최고 부자라고 하시던데, 정확히 재산이 얼마나 되세요?"

"지금 의원님의 질문은 본 청문회의 취지와 상관이…….″

"이봐요, 변호사 양반! 청문회 취지를 그쪽에서 정하는 것이 아니잖아요?"

"하지만…….″

딱 봐도 마이클은 상대가 되질 않았다.

미국 상원 청문회라면 감히 마이클을 상대할 사람은 없었을 것이다.

그러나 이곳은 한국 청문회.

적어도 이진이 기억하기에 상식이 통하지 않는다.

일단 할퀸 다음, 상처를 입힐 목적의 질문이 나온다.

증인의 경우도 마찬가지다.

아마 출석했던 증인들 대부분은 속에 화통을 삶아먹을 만큼의 분노를 간직했을 것이다.

조리 있게 반박도 하고 싶었을 것이고 말이다.

그러나 그럴 수 없다.

밉보여서 좋을 것이 없기 때문.

이것이 이진과 다른 증인들, 혹은 참고인들과의 다른 점이었다.

"증인 본인이 대답하세요."

"좋습니다."

이진이 입을 열자 순식간에 청문회장이 조용해졌다.

그러나 이진은 마이크를 잡고 변호사 마이클에게 속삭이듯 대답했다.

"세어 본 적이 없으셔서 모르시겠답니다."

"허! 자기 재산이 얼마나 되는지도 몰라요? 추정치 같은 게 있을 거 아니에요."

마이클의 답변에 오창민 의원이 나서 묻는다.

이진이 다시 속삭였다.

그러자 마이클이 대답했다.

"추정하기로는 대략 1조 달러는 넘는 것으로 추정하고 있습니다."

"1조 달러면 얼마야? 아무튼 좋아요. 이 회장이 한국에 입국한 후 결혼식이다, 돌잔치다, 이번에는 또 한강에 요트도 들여오셨더군요."

"예. 맞습니다. 적법한 절차를 따랐습니다."

"그런 행동들이 일반 국민들이 보기에 위화감을 조성한다고는 생각해 보시지 않으셨어요?"

"위화감이라니요?"

"이봐요. 지금 내가 이 회장에게 묻고 있잖아요. 왜 자꾸 변호사가 대답을 해?"

"그야 처음에 말씀드린 것처럼 한국말이 능숙하지 않으셔서 통역을……."

"직접 대답을 하란 말이에요. 직접!"

막무가내의 호통.

마이클이 이진에게 속삭였다.

이진의 표정은 일체의 변화가 없었다.

그때, 황상진 의원이 나섰다.

"맞습니다. 오 의원님 질문은 이번에 위원회에서 다룰 사안과는 관계가 없는 질문입니다. 오 의원께서는 질문을 좀 가려서 해 주세요."

씩씩거리던 오창민 의원이 바통을 여당 의원인 유시종 의원에게 넘겼다.

"지난 2008년 8월 이후 국내에서 많은 주식을 매수하셨지요?"

"예. 그렇습니다."

"그 때문에 해외 주식 시장이 폭락하는 상황에서 코스피 주가가 지지를 받았고요."

"그건 회장님께서 정확히 답변하시기 어려운 사안입니다."

"어째서요?"

"주식 시장을 회장님만이 결정하시는 건 아니니까요."

이 역시 원론적인 답변.

"좋습니다. 아무튼 위험에 대비해서 파생상품 거래를 국내 기관들이 했는데, 주가가 예상을 넘어서서 상승하는 바람에 많은 대기업들이 피해를 봤어요."

거기까지 말했을 때 메리 앤이 마이클 대신 나섰다.

"장기적 관점에서 투자하신 일반 투자자들은 손해를 보진 않았을 겁니다."

"그럼 기업들은 테라의 주식 시장 개입으로 손해를 봐도 된다는 뜻인가요?"

유시종 의원의 말에 메리 앤이 웃으며 대답했다.

"설마요. 애초에 우리 테라는 40조를 투자하기로 했고 약속을 지켰을 뿐입니다."

"그런 약속을 작년 11월 옵션 만기일 단일 호가 매매 시간 10분 동안 지킵니까?"

"저희는 주식을 샀습니다. 한데 도이치뱅크 홍콩 지점에서 단일 매매 호가 시간에 시장을 교란시킬 만한 물량을 내놓을 거란 정보를 입수했습니다."

"그런 정보를 어디서 입수했습니까?"

"그 부분은 독일 쪽에 물어보시는 것이……."

"이보세요!"

"저희는 매입한 주식의 평가 손실을 막기 위해 적절한 조치를 취한 겁니다. 또 우리 테라는 그때 매입한 주식의 90퍼센트 이상을 현재도 보유하고 있습니다."

"……."

유시종 의원이 입을 다물었다.

하지만 메리 앤은 아니었다.

"아울러 최근 추가 매입에 나서 지분을 더 확장했습니다. 3년간에 걸쳐 한국 시장에 투자하는 것이 왜 문제가 되는지 저희는 의구심을 가지고 있습니다."

메리 앤의 대답은 딱 부러졌다.

결국 유시종 의원도 마이크를 넘겼다.

여당 의원들은 질문하기를 주저하는 것이 눈에 보일 정도였다.

일단 이진이 직접 대답을 하지 않기 때문에 자신들의 싸움판으로 끌어들일 여지가 없어졌다.

그것이 통했다.

그리고 대통령에게 당근을 제시한 것도 통했다.

아직 죽은 정권은 아닌 것이다.

꼬투리를 잡을 것은 사실상 따지고 보면 사생활밖에는 없다.

그러나 미국 국민이니 그것도 여의치 않은 것.

청문회가 열리긴 했는데 처음에 달아오르려던 분위기는 싸늘하게 식어 갔다.

이대로 끝이 나면 매스컴의 질타가 이어질 것.

대체 왜 증인을 출석시켰으며 뭘 물어보려 한 것인지 의아할 수밖에 없을 것이다.

군중 심리는 개인 심리보다 훨씬 원초적이다.

사실이건 아니건 일단 한번 불이 붙으면 그것이 정의인 양 둔갑된다.

청문회가 바란 것은 그것인데…….

그때, 야당 의원 한 명이 중얼거렸다.

"이거야 원……."

조용한 상황이어서 그 말은 모두의 귀에 들릴 정도였다.

이진은 상대를 파악했다.

조영 의원.

미국 버클리에서 법학을 전공한 교수 출신.

예전에 그의 강의 내용을 들은 적이 있었다.

강의 내용은 아주 인상적이었다.

모두 의미 있었고, 또 수긍이 가는 내용이었다.

그러나 거기에는 분명한 문제가 있었다.

강의를 하고 나면 그 강의 내용을 뒷받침해 줄 실례를 제공한다.

증명하는 것이다.

그런데 그 제시하는 실례가 문제였다.

자신의 강의 내용에 부합하는 실례만을 가져와 적용한다.

분명히 반대되는 내용이 있음에도 불구하고 그런 실례는 전혀 제시하지 않는다.

그걸 듣고 모두는 조 의원이 대단한 사람이라고 믿게 되고 그의 팬이 된다.

결론적으로 마치 자신은 전혀 다른 의견과 논지를 가지고 있다고 알린다.

인지도가 상승한다.

다들 대단한 사람이라고 떠들어 댄다.

그러나 실제로는 전혀 쓸모없는 논리를 과대 포장해 배포하는 행위에 지나지 않았다.

정작 문제는 그런 그가 몇 년 후 다음, 다음 정권에서 청와대의 주요 직책을 맡게 된다는 것이었다.

"조 의원, 발언할 내용 있으세요?"

황상진 의원이 곱지 않은 시선으로 물었다.

"예. 의원님들이 참고인 불러 놓고 무슨 질문을 하는지 영문을 모르겠네요."

"그럼 조 의원이 한번 질문해 보세요."

황상진 의원의 말에 생중계를 하고 있는 기자들과 스태프들까지 웃었다.

조영 의원이 이진을 바라보며 마이크를 잡았다.

"오늘 참고인을 부른 이유는 참고인이 주식 시장에 개입해 시장을 교란했느냐, 아니냐는 거잖아요?"

"질문이시라면 저한테 할 질문은 아닌 것 같습니다. 의원님!"

메리 앤이 대신 대답했다.

"질문 아니에요. 사실을 확인시키는 거죠."

"그럼 질문하시죠."

"그러죠. 지금 참고인이 이 청문회에 나온 것은 실정법을 위반해서 시장을 교란했느냐, 아니냐의 문제를 확인하기 위해서입니다."

조영 의원이 서론을 꺼냈다.

모두 무슨 말을 할까 궁금해하는 눈치였다.

"참고인은 본인이 가지고 있는 내부 정보를 이용해 주식 거래를 한 사실이 있나요, 없나요?"

"그런 사실은 없습니다."

"정말 그러시다면 제가 한 가지 말씀을 드리지요. 아시다시피 참고인은 미국 정부와의 관계가 아주 돈독한 분입니다."

조영 의원이 계속 말을 이었다.

"제가 알기로는 미국 정부에 몇 가지 도움을 주는 대가로 현재 테라 회장이신 참고인이 미국 정부로부터 소득세를 감면받는 등의 특혜를 입었다고 알고 있습니다."

"그런 사실은 없습니다."

메리 앤은 딱 잡아뗐다.

그러나 조영 의원은 물러서지 않았다.

"아울러 사적인 문제를 해결하기 위해 뉴욕 마피아 보스인 파누치의 사면을 미 법무부에 건의했고, 또 이를 관철시켰다고 들었는데 사실입니까?"

"그런 일 없습니다."

"파누치를 모른다는 말씀이신가요?"

"……."

메리 앤이 대답을 하지 못했다.

파누치를 아니까 말이다.

그러나 나머지 내용은 메리 앤도 모르는 일이었다.

마이클도 적지 않게 당황한 눈치였다.

그러나 이진은 당황할 이유가 없었다.

질문 자체가 교묘하며 유도적이긴 했지만, 따지고 보면 미국에서 흘러 다니는 루머 정도다.

"참고인에게 묻겠습니다. 뉴욕 마피아 두목인 파누치를 아십니까?"

"당연히 알지요. 뉴욕 시민들 중 파누치 모르는 사람이 있습니까?"

이진이 웃으며 대답했다.

마이클도 모자라 메리 앤도 말리려 들었지만 이진이 손을 들었다.

"로비를 통해 실정법을 위반하면서 파누치의 사면을 미국 정부에 강요한 적이 있으십니까?"

"지금 실정법 위반 여부를 따지시는 겁니까? 아니면 미국 정부의 불법 행위를 규탄하시겠단 말씀이십니까? 논지가 불명확합니다."

이진의 말에 조영 의원이 다시 물었다.

"지금 테라가 한국에 들어와 실정법을 위반하고 주식 시장을 교란했는지 여부를 조사하려는 것이 이 위원회의 목적이자 제 논지입니다."

말발은 대단하다.

그러나 감당할 수 있을까?

"제가 불법을 저지른 적이 있나요?"

"그걸 알고자 여기 나오시게 한 것 아닙니까? 실정법을 위반하신 적이 있으신가요?"

다시 묻는 조영 의원.

"그럼 제가 한 가지 조 의원님께 물어봐도 될까요?"

"그러세요."

그러라고 할 줄 알았다.
아마 웬만한 의원들은 소리부터 질렸을 것이다.
질문은 내가 하는 것이고 넌 대답만 하라고 말이다.
그러나 그렇게 되면 자기주장의 신뢰성과 일관성을 잃는다.
그런 위험을 감수할 정도로 어리석은 사람은 아니었다.
이진이 물었다.
"실정법이 존재하는 한 나는 유죄다. 그러나 진정한 시대정신을 반영하는 법 정신에 따른다면 나의 사상에 대한 평가는 달라질 수 있다. 의원님이 하신 말 맞죠?"
"…예."
능숙한 한국말에 놀란 것일까?
그건 아닐 것이다.
"실정법을 위반하시고 집행유예를 받으셨는데 의원님은 무죄라고 주장하신 것 맞죠?"
"지금 그 얘기가 왜……?"
이진이 웃으며 말했다.
"아마 우리 테라가 나섬으로써 금융 위기 당시 많은 건전한 개인 투자자들은 주식 시장에서 큰 손실을 면했을 겁니다."
"……."
"우리 테라는 건전한 투자자들이 외부 영향으로 인해 피해를 입지 않도록 투자했을 뿐입니다."

"……."

"이것이 우리 테라의 시대정신을 적용한 투자 행위입니다. 이것도 유죄가 되나요?"

"…한국말 잘하시네요. 한데 왜 통역에 변호사까지 대동한 건지 의문이네요."

조영 의원이 어이가 없다는 표정으로 양손을 들어 올리며 말했다.

그러자 마이클이 나섰다.

"본 참고인은 한국에 입국한 지 3년째로 아직은 한국 문화와 법이 낯선 상황입니다."

"조 의원, 더 질문 없어요?"

황상진 의원이 물었다.

없었다.

그러자 황상진 의원을 향해 마이클이 외쳤다.

"본 참고인은 이 기회를 통해 입장문을 발표하길 원합니다."

"좋습니다."

황상진 의원이 입징 발표를 허용했다.

이진이 자리에서 일어나 미리 작성된 문서를 읽기 시작했다.

제6장

길들이기

재벌집 망나니
7대독자

"우리 테라가 한국에 집중적인 투자를 하는 이유는……."

아주 상투적인 내용.

구구절절하면서도 감정적인 내용이었다.

항상 조국을 그리워했고, 조국에 투자하기를 간절히 원했으며 그 뜻을 이루어 가는 중이라는 이야기들.

당연히 생중계이니 국민 정서에 호소하는 발표문이었다.

사실과 다른 내용도 많았다.

그러나 그것이 국민 정서엔 부합할 것이란 걸 잘 알고 있기에 읽기로 했다.

다시 생각해 봐도 군중 심리는 개인 심리보다 원초적이다.

이진은 문서를 읽으면서 유발 하라리의 말을 떠올려야

했다.

'민주주의 국가에서도 사람들은 알고리즘에 따른 새로운 유형의 억압과 차별의 희생물이 될 수도 있습니다.'

단지 사람들이 깨닫지 못하고 그것이 진실이라고 믿을 뿐이다.
어쩌면 아들 이요의 말처럼 새로운 모델이 필요한 시기가 생각보다 빨리 다가올 수도 있겠다는 생각이 들었다.
이진은 발표문을 읽는 내내 그 생각을 하고 있었다.
"…그러므로 나라 살림을 하시는 의원님들께 간절히 호소합니다. 옳은 것은 옳다고, 틀린 것은 틀리다고 말할 수 있는 용기를 가져 주십시오."
발표문이 막바지에 달하자 의원들의 안색이 굳어졌다.
생방송인데 내용이 점점 산으로 가고 있었다.
적어도 국회의원들의 귀에는 그렇게 들렸다.
"정치 공학을 버리시고 국민을 위해 일해 주세요."
눈총이 느껴진다.
그러나 이진은 상관하지 않고 나머지를 읽었다.
사실 읽은 것은 아니었다.
원래 연설문에는 없는 내용이었으니까.
"당신들만의 그라운드에는 아무도 올라올 수 없다고 말

하지 마십시오. 자기 밥그릇 지키는 것이 정치입니까, 아니면 국민의 밥그릇을 지키는 것이 정치입니까?"

"이것 보세요, 이 회장!"

결국 한 의원의 입에서 고성이 터져 나왔다.

하지만 생방송이었다.

모든 뉴스 채널에서 이진의 발표문이 중계되는지라 한 의원이 고함을 친 의원의 팔을 잡아당겼다.

"저는 단지 정치권의 요구에 부응하지 않았다는 이유로 여기에 섰습니다."

"어지간히 하시지요?"

황상진 의원이 나섰다.

그러나 이진은 멈추지 않았다.

"만약 다시 이런 터무니없는 내용으로 청문회를 열어 먼지가 날 때까지 털어 보시려 한다면……."

"거, 방송 그만하세요!"

"전 테라가 투자한 모든 자금을 회수할 것이며, 현재 대주주로 있는 5대 기업 지분을 전부 매각할 것입니다."

폭탄선언이었다.

현재 시각 1시 40분.

코스피 지수가 순간적으로 30P 이상 폭락하고 있다는 속보가 자막으로 나갔다.

"회장님!"

메리 앤이 걱정이 되는지 넌지시 이진을 불렀다.
"제가 비록 미국 시민권자이긴 하지만 뿌리는 한국입니다."
"한국 사람이면 국회를 존중해야지?"
어느 의원이 호통을 쳤다.
그러나 이진은 아랑곳하지 않고 끝을 맺었다.
"조국을 위해 많은 일을 하려는데 도와주시지는 못할망정 찬물을 끼얹지는 말아 주시길 간절히 바라 마지않습니다."
협박, 비난, 공갈, 도전?
분위기는 싸늘했다.

청문회장을 빠져나오자 기자들이 벌 떼처럼 달려들었다.
"이 회장님! 혹시 정치에 나서실 생각이십니까?"
"제가 미국 시민인데 숟가락 올리면 국… 개… 회 의원들이 가만히 있겠습니까?"
이진은 넉살을 떨었다.
"발언이 좀 과격하시던데 이유가 있나요?"
"당연히 있지요. 청문회를 보셨으면 아시겠지만, 아무 이유도 없이 청문회를 열고 불러낸 것입니다."
"길들이기란 말씀이군요. 그런데 왜 나오셨나요?"
이진이 의미심장한 표정으로 대답했다.

"우리 국민들을 존경하기 때문이지, 국회의원들을 존중해서가 아닙니다."

"그 말씀은 현 국회가 테라 길들이기에 나섰다고 주장하시는 건가요?"

"주장이 아니지요. 청문회 보셨으면 다들 아실 겁니다. 도대체 절 왜 불러내신 겁니까?"

"……."

기자도 입을 다물었다.

아무리 생각해 봐도 청문회에 불러낸 이유가 없는 것이나 마찬가지.

"우리 테라가 도이치뱅크의 코스피 공격을 막아 낸 것이 범죄입니까?"

"……."

"아니면 테라가 한국 증시에 40조 이상을 투자한 것이 위법한 일입니까?"

예상외로 과격한 이진의 발언에 기자들도 갈피를 잡지 못했다.

그러다 한 기사가 물었다.

"아까 한국에서 테라가 철수할 수도 있다는 시그널을 주셨는데……."

"그럴 리가 있나요? 우리 테라는 한국 경제의 전망을 아주 좋게 보고 있습니다. 곧 대규모 추가 투자를 발표할 것입니다."

이진은 그 말을 마지막으로 차에 올랐다.

PM 2시 35분.

주가가 급반등하고 있다는 이야기가 들려왔다.

"무슨 청문회가 그렇게 맥락이 없어요?"
"정파적 이익이나 개인의 위상을 과시하려는 국회의원들 탓이지."

청문회가 끝이 나고 집으로 돌아가는 길.

메리 앤이 투덜거렸다.

맥락이란 말도 쓸 줄 안다.

사실 원래대로라면 다른 안을 가지고 테라를 압박하려 했을 것이다.

그러나 이진의 선제 조치로 여당 의원들은 청와대의 압박을 받았을 것.

야당 의원들은 여당이 준비한 청문회여서 준비를 제대로 하지는 못했을 것이다.

여당 들러리를 설 생각은 없었을 테니까.

이들은 국민을 위해 일하는 것보다 정파적 이익이 우선이었다.

여나 야나 마찬가지.

그래서 질문다운 질문을 할 수 없었다.

"조영이란 의원 말이에요. 내로남불도 유분수지……."

"내로남불도 알아?"

"내가 하면 로맨스, 남이 하면 불륜."

"음! 불륜도 알다니……."

"뭐야?"

메리 앤이 이진의 가슴을 한 대 때리면서 눈을 흘겼다.

"아무튼 자기 신념이나 주장만이 옳다고 다른 사람들에게 그걸 강요하는 사람이 세상에서 가장 위험한 사람이라고……."

"누가 그랬는데?"

이진이 물었다.

"…전 회장님이, 아니 아버님이 그러셨대요. 안나가 해 준 말이에요."

"그랬어?"

"예. 자기는 실정법 어긴 걸 아무렇지도 않게 생각하고, 이번에는 우리가 실정법 어긴 문제를 다루는 것이라고 우기잖아요."

메리 앤이 하는 말은 참 어려운 문제였다.

이진은 메리 앤을 다독였다.

"다들 그렇지. 어차피 세상은 고통이야. 그렇게라도 우기면서 살아야지."

길들이기 • 237

"세상이 왜 고통이에요? 난 행복하기만 하고만!"
"고통이지만 행복해질 수 있다는 뜻이지."
메리 앤의 말에 이진은 웃어야 했다.

정치인들이란…….

이진의 선조들이 가능한 한 정치인들을 멀리한 이유는 본질 때문이었을 것이다.

테라의 선조들은 멀리 태평양 건너에서 조선의 당파 싸움을 지켜보기만 할 수밖에 없었다.

어느 나라든 수많은 사람들이 사회를 구성하면 색깔이 같은 사람에게 끌릴 수밖에 없다.

미국도, 영국도 마찬가지다.

그러나 적어도 조선만큼 지나칠 정도로 당파에 사로잡힌 나라는 없다.

사림에서 동인, 서인으로.

동인은 남인, 북인으로, 북인은 대북, 소북으로, 남인은 청남, 탁남으로 갈리었다.

서인은 공서, 청서로, 공서는 노서, 소서로, 그리고 청서는 노론, 서론으로 갈렸고 노론은 벽파, 시파로 갈렸다.

해방 이후는 다른가?

수많은 좌우를 축으로 정치 파벌들이 생겨났다.

좌파 안에는 다른 좌파가, 우파 안에는 다른 우파가 들어섰다.

정권을 장악하기 위해 독재가 생겨났다.

1970년대 후반부터는 3김을 축으로 줄을 섰다.

어느 누가 독재를 만든 것이 아니다.

모두가 정치하는 자들이 스스로 만든 것이다.

다카하시 도루라는 일본 학자는 조선 당파의 원인을 고작 900개에 불과한 관직을 차지하려 조선 양반들이 벌인 밥그릇 챙기기의 결과물이라고 했다.

맞는 말일 수도 있고 틀린 말일 수도 있다.

하지만 어쨌든 결국 수많은 대중들이 당파의 희생양이 된 것만은 부인할 수 없는 사실이다.

테라는 늘 조국의 화합을 바랐었다.

화합은 가난과 불안도 이겨 낸다고 했다.

그런데 조국은 그 길을 가지 못했고 지금도 그랬다.

앞으로도 한동안 그럴 것이다.

더 심해질지도 모른다.

SNS의 시대.

가짜 뉴스가 판을 칠 테고, 어느 누군가는 그걸 통해 이익을 얻으러 할 테니 말이다.

그런데 정치가들은 입만 열면 국민의 뜻이고 진실이다.

자기가 하는 말이 국민의 뜻이고 진실이면 어느 누구의 말은 그렇지 않은가?

진실을 빌미로 정파적 이익을 챙기는 것도 진리가 될까?

길들이기 • 239

유발 하라리의 말이 다시 떠올랐다.

'어떤 가짜 뉴스는 영원히 남는다.'

호모사피엔스가 가진 특유의 힘은 허구를 만들고 믿는 데서 나온다.
그렇게 믿으면 진실이 되어 영원히 남을 수도 있다.
그리고 그걸 가장 선도적(?)으로 이용해 먹는 사람들이 정치인들이었다.
희생당하는 사람들은 보편적인 국민들일 것이고 말이다.
그러고 보면 둘째 이요가 청와대에서 영부인에게 새 모델이 필요할 것이라고 말한 것은 의미심장한 말이 아닐 수 없었다.
기술의 발전은 결국 정치의 변화도 이끌 것이다.
그러나 적어도 이진이 그 문제에 대해 걱정할 필요는 없었다.
세상이 고통이라면 그 고통을 조금이라도 더는 쪽에 돈을 쓰는 것이 이진이 지금 해야 할 일이었다.
"오늘 마지막은 너무 과격했어요."
"그랬나? 그럼 내일 성명 하나 발표하지, 뭐."
"뭐라고요?"
"늘 국민을 위해 애쓰시는 국회의원님들의 노고에 감사

드린다고…….”

"정말?"

메리 앤이 이진의 진심을 물었다.

"응. 그래도 좋아할걸?"

"설마요. 그 사람들도 들은 게 있는데…….”

"숟가락 올려놓을 밥상만 있으면 그 사람들은 아마 그러고도 남을 거야."

메리 앤이 무슨 뜻인지 고민하는 사이, 차는 성북동 집에 도착하고 있었다.

다음 날, 매스컴은 이진이 한국 경제를 들었다 놨다는 기사를 쏟아 냈다.

종합주가지수가 30P나 하락했다가 다시 제자리를 찾았으니 그럴 만도 했다.

출근길에 직원들의 경이롭다는 표정과 눈빛이 이진을 좇았다.

집무실에 들어가자마자 오민영이 들어와 보고를 했다.

"런정페이란 분이 여러 번 전화를 했습니다. 회장님!"

"런정페이라면……. 화웨이 회장이네요?"

"예. 그렇습니다."

"무슨 일로요?"

"그건 제가……."

당연히 오민영은 모를 것이다.

일부러 물은 것이다.

"난 통화할 일이 없어요."

"예. 알겠습니다, 회장님!"

통화할 일이 없다고 하면 오민영이 알아서 처리한다.

메리 앤만큼은 못해도 오민영은 나날이 발전해 나가고 있었다.

거의 비서실의 모든 업무를 장악해 나가고 있었고, 배우는 것이 빨랐다.

오민영이 나가고 나자 이진은 내심 가슴을 쓸어내려야 했다

'화웨이를 생각 못했네.'

화웨이.

정식 명칭은 '화웨이 기술 유한 공사'다.

문제는 향후 몇 년 안에 화웨이가 전 세계의 네트워크 및 통신 기기 시장을 거의 장악해 나간다는 것.

그렇게 되면 이진이 구상하는 사업, 즉 테라 페이 사업 역시 화웨이의 영향을 받을 가능성이 있었다.

화웨이에 대한 박주운의 기억은 좋지 않았다.

일단 이름부터가 마음에 들지 않는다.

'화웨이(华为)'는 중화 민족을 위하여 분투한다는 뜻.

대표적인 정경 유착의 산물이 바로 화웨이였다.

런정페이는 인민해방군 장교 출신이다.

기술 도둑으로 불린다.

그뿐만이 아니다.

하드웨어적인 보안 취약점 혹은 백도어가 문제.

이 문제는 기술적 문제이지만 향후 전 세계 통신 시장과 관련해 중요한 사안이었다.

화웨이가 애플 같은 일반 기업이라면 얘기가 달라진다.

하지만 화웨이는 태생부터가 다르다.

그리고 이런 시점에서 기술적인 문제들에 대해 잘 알지 못하는 이진에게 화웨이는 훼방꾼이자 난제이기도 했다.

'먼저 5G로 가면 좋을 텐데? 그리고 통신 장비 시장 역시 장악을 하면……'

그렇게만 되면 이보다 더 좋을 수는 없다.

그렇게 되면 테라 페이는 독보적인 위상을 가지게 될 것이다.

그러나 무슨 수로 5G를 선점한단 말인가?

아직 4세대 이동 통신도 상용화가 이루어지지 않은 상황.

아무리 빨간 펜으로 기록을 하며 점검을 해 봐도 더 이상 떠오르는 키워드조차 없었다.

명상도 마찬가지.

기술적인 문제는 곤란한 일이 아닐 수 없었다.

런정페이로 인해 생긴 고민은 몇 날 며칠 동안 이어졌다.

그렇게 9월이 다 갈 즈음.

안나가 이진을 찾았다.

❖ ❖ ❖

"유모! 오랜만에 사무실까지?"

"안 반가우세요?"

"안 반갑다니! 정말 반갑지."

"엎드려 절 받기네요."

이진은 안나를 안고는 손까지 잡아 소파에 앉혔다.

아이들 가르치느라 고생도 고생이었지만, 한영과 관련된 일들도 돌보느라 눈코 뜰 새 없는 것이 안나였다.

어머니 데보라 킴이 미국 TRI에 머물게 되면서 성북동 일도 다 챙겨야 하는 그녀였다.

늘 고마운 사람이 아닐 수 없었다.

"시간 많이 안 빼앗을게요."

"아니야. 나 시간 많아."

이진은 넉살을 떨면서 손수 차까지 가져와 내밀었다.

"곧 에티오피아 가신다면서요?"

"응. 아이들도 다 데려가려는데……. 그것 때문이구나?"

에티오피아 기지창 건설이 거의 완료 단계에 접어들고 있었다.

그래서 메리 앤은 아이들을 모두 데리고 가고 싶어 했다.

그러나 안나나 할아버지 이유의 입장에서는 그게 달가울 리 없을 것.

그것 때문에 온 것인가 싶었다.

"그건……."

"거기 가실 때 저도 같이 가려고요."

안나의 말은 의외였다.

혹시 반대하면 어떻게 하나 걱정이었는데, 느닷없이 찾아와 찬성한다고 말하는 안나.

"오늘 여기 온 건 이걸 보여 드리려고 왔어요."

안나는 차를 한 모금 마시더니 가방에서 서류 봉투 하나를 꺼내 내놓았다.

"이게 뭐야?"

이진은 서류 봉투를 열었다.

"이건 도면이잖아?"

서류 봉투 안에서 나온 것은 위필로 그려진 도면.

복잡하기 이를 데 없었다.

심지어 그냥 봐서는 이게 무슨 도면인지조차 알 수가 없었다.

그런 도면이 대략 20여 장.

"도면이 맞죠?"
"그런데 무슨 도면이야?"
"그러게요."
"……."
안나의 대답에 이진은 어이없어하면서 그녀를 올려다보았다.
눈가에 눈물이 맺혔다.
이해할 수 없는 일이었다.
"아, 안나!"
"흑! 내가 주책이지. 늙었나 봐요. 시도 때도 없이 눈물이 나네요."
심지어 훌쩍거리는 안나.
"누가 그린 거야?"
"…우리 령이가요."
이진은 아무 말도 할 수 없었다.
딸이 그린 도면이라고?
이건 정말 말도 안 되는 일이었다.
딱 봐도 정교하기 이를 데 없다. 무슨 도면인지는 몰라도 말이다.
그러나 안나가 왜 눈물을 보이는지는 알 것 같았다.
막내 선이가 특별하다는 것은 안다.
그런데 딸 이령도 특별한 것이다.

그렇지 않고서야 세 살배기가 이런 도면을 그린다는 것이 말이 되나?

안나는 그게 두려운 것이었다.

"우리 삼둥이는 그냥 평범하기를 바랐는데……. 흐흐흑! 선이도 모자라 령이까지……."

"…괜찮아. 특별하면 좋지."

이진은 마음에도 없는 말을 했다.

그렇지만 마음은 아니었다.

두렵다.

그리고 무서웠다.

이진이 되고 나서 처음 겪었던 환생인지 빙의인지를 마주했을 때도 이렇게 두렵지는 않았다.

자식이 특별하다는 것이 이렇게 두려울 줄이야.

천재를 둔 부모의 마음이 그다지 경이롭고 편하지만은 않다는 것을 바로 알 수 있었다.

하지만 안나 앞에서 흔들려서는 안 된다는 생각이 들었다.

"이걸… 령이가 그렸다고?"

"예. 꿈에서 봤는데 기억이 생생하대요. 이건 대체 뭐예요?"

"글쎄……."

이진도 대답을 할 수가 없었다.

얼핏 보기에도 이 정도 도면을 그려 내려면 적어도 전공 이상의 공부가 필요할 것.

막내 이선도 그랬지만 이령 또한 어쩌면…….

아니다.

꿈에서 보았다고 하지 않는가?

자신이 가진 능력과 삼둥이의 능력은 다른 것일 수도 있다는 생각이 들었다.

"우리 령이가 똑똑하네. 이건 내가 알아서 할게. 안나는 걱정하지 마."

"그래도……. 도련님도 그러더니 우리 삼둥이까지 그래요. 정말 미워요."

안나의 입에서 이진의 어렸을 때 일이 나왔다.

"내가 그렇게 특별했어?"

"몰라서 물어요? 도련님은 제가 준 100달러를 1년 만에 10만 달러로 만들었잖아요."

"내가?"

그런 기록은 없었다.

이건 안나와 어머니 데보라 킴만 아는 일일 것이다.

"5살 때였잖아요. 메리는 8살이었는데 100달러를 50달러로 만들었어요. 그런데 도련님은……."

메리는 시뮬레이션 투자에 실패했던 모양.

대체 얼마나 투자를 못했으면 100달러의 반을 까먹었을까?

잠깐 그때 메리 앤의 표정이 어땠을지 보고 싶었다.

아무튼 이진은 천부적이었던 듯했다.

100달러를 1년 만에 10만 달러로 불린 것이다.

100달러를 10만 달러로 만드는 것이 아주 불가능한 일은 아니다.

적은 돈의 투자 이익이란 것은 시장의 감시하에 있지 않으므로 규모의 제약을 받지 않는다.

간혹 개인들은 이런 규모의 문제를 도외시한다.

착각하는 것이다.

100달러를 10만 달러로 불렸으니 10만 달러를 1억 달러로 불리는 것도 쉬운 일 아닐까?

그러나 그건 이미 차원이 다른 문제가 된다.

그럼에도 놀라운 것은 그때 이진의 나이가 5살이었다는 것. 천부적이었던 것은 분명했다.

두려운 마음은 곧 안도감으로 슬그머니 바뀌기 시작했다.

어쩌면 막내 이선도 환생이나 빙의가 아닌 다른 특별한 능력일 수도.

그렇다면 이진으로서는 더할 나위 없이 좋았다.

적어도 내 자식이 아닌 아이들을 키우는 것은 아닐 테니까.

"꿈에 자주 나타난대요. 령이가 뭘 만드는 걸 좋아하는 건 알지만, 그래도 이건 좀 이상했어요."

"그랬구나."

그래서 안나는 이걸 보여 줘야겠다고 생각했던 것이다.

"어떻게 해요?"

"이건 내가 전문가에게 보여 줄게. 너무 걱정하지 마."

"하지만 이제 갓 3살인데……."

"영재네. 아니 천재네."

"그게 더 무서워요. 그냥 평범했으면 좋으련만……."

안나의 표정은 근심 그 자체였다.

이진은 일단 그런 안나를 안심시켰다.

안나가 돌아가자 이진은 곧 강우신과 테라전자의 기술 담당 이사를 불러들였다.

"회장님!"

갑작스런 호출에, 그리고 다른 이사가 있어서인지 평소와는 다르게 이진을 회장님이라고 부르는 강우신.

"어서 오세요."

"안녕하십니까. 처음 뵙습니다. 테라전자 기술이사 조인혁입니다."

"반갑습니다."

"칼테크 교수로 계시던 분을 억지로 모셔 왔어."

칼테크는 캘리포니아 공과대학.

사람들이 아이비리그, 아이비리그 하지만 공과대학에서는 칼테크를 따라갈 만한 대학은 없다.

그곳의 교수로 재직했고 기술이사로 있으니 도면을 쉽

게 알아볼 것.

"오늘 두 분을 갑작스럽게 뵙자고 한 건 이 도면을 보여 드리려고요."

이진은 딸 이령이 그린 도면을 내놓았다.

조인혁 기술이사는 지대한 관심을 보였다.

"대단하네요. 요즘 연필로 이렇게 정교한 도면을 그리는 사람이 있을 줄은……."

"살펴보시고 기술적으로 어떤 도면인지 조언을 좀 해 주세요."

"예, 회장님!"

조인혁 기술이사가 도면을 살피기 시작했다.

이진은 좀 떨어져 강우신과 담소를 나누면서 기다렸다.

시간은 꽤 오래 걸렸다.

그리고 조인혁 기술이사가 고개를 들자 이진과 강우신이 다가갔다.

마음이 급한 이진이 운을 뗐다.

"어떻습니까?"

"언빌리버블 테크놀로지입니다."

언빌리버블?

"무슨 도면인데요?"

"이건 5나노 이하 반도체 생산 공정의 설계도면입니다."

"예?"

강우신이 어이없다는 표정으로 묻는다.

5나노?

이진도 의문이었다.

조인혁 기술이사가 도면 몇 장을 분류한 후 다시 입을 연다.

"그리고 이것들은 무선 통신 장비 설계도면입니다. 만약 이것이 실현 가능하다면……."

"실현 가능하다면요?"

이진은 침이 말랐다.

"쉽게 설명드리자면 현재 상용화 중인 3G나 향후 전개될 4G 무선 통신의 지연 시간을 획기적으로 줄이는 기술이라고……."

"얼마나요?"

"이 도면대로라면 이건 혁명입니다. 지연 시간이 0.1단위 아래로 내려가도록 설계되어 있습니다."

"지연 시간이 뭔데요?"

조인혁 기술이사가 대답한다.

"Retardation time은 쉽게 말씀드리자면 전자파의 속도를 c라 하면 그 점에서 r의 거리만큼 떨어진 점에는 r/c만큼 시간이 경과한 후에 그 영향을 주는……."

귀를 쫑긋 세웠지만 들으나 마나였다.

강우신도 마찬가지인 모양.

그러나 이진은 알 수 있었다.

그것이 5G를 뛰어넘는 통신 기술을 의미한다는 걸.

이진도 5G를 경험하지 못했다.

그럼에도 아는 것은 많았다.

"그럼 이 기술이 상용화된다면 IoT가 가능하겠네요?"

"사물인터넷도 아시고 대단하십니다. 예. 검증이 필요하고 여러 가지 테스트가 필요하겠지만……."

꿀꺽.

강우신도 사물인터넷이란 개념은 아는 모양.

그러나 아직 개념 자체도 제대로 정립이 되지 않은 상태였다.

"혁명입니다. 아마 현재의 통신 기술과 메모리 기술들을 적어도 50년 이상 앞당길 수 있을 겁니다. 노벨상은 따 놓은 당상입니다. 대체 누가 이런 걸……?"

옆에서 듣던 강우신도 놀라 입을 다물지 못했다.

이진의 표정은 착 가라앉았다.

그리고 딸이라고 말해서는 안 된다는 생각이 들었다.

"이렇게 합시다."

늦게 퇴근을 한 이진은 이미 잠든 삼둥이들의 침실을 돌았다.

그리고 딸 이령의 침실.

새근새근 잠든 딸의 모습을 보자 마음은 사정없이 흔들린다.

도면은 안나가 가지고 온 20장이 전부가 아니었다.

딸이 쓰는 별도의 학습 공간에는 수많은 도면들이 존재했다.

CAD도 없이 자와 컴퍼스, 그리고 연필만으로 대체 어떻게 그런 도면들을 그려 낼 수 있었을까?

빨간 펜의 영향력이 사라진 이유가 아이들에게 이런 능력이 주어졌기 때문일까?

대체 신은 왜 테라 가문에 이런 엄청난 능력들을 내리는 것일까?

온갖 의문들이 하루 종일 이진을 따라다녔다.

그러나 막상 딸의 잠든 얼굴을 보자 그런 의문들보다는 하염없이 가엾다는 생각이 들었다.

막상 하나도 아닌 둘.

아니, 어쩌면 둘째 이요는 다른 능력을 가지고 있을 수도 있었다.

천재 자녀를 둔 부모의 심정이 그다지 편하지는 않다는 것을…….

오히려 천재가 아니었으면 하는 애달픈 마음이 들었다.

"빠바……."

딸이 잠결에 아빠를 부르는 것 같았다.

이마에 손을 얹자 뒤척이다 말고 다시 숨소리가 일정해진다.

이진은 그런 이령의 이마에 키스를 한 후 침실을 나섰다.

밖으로 나가자 메리 앤이 전화기를 들고 기다리고 있었다.

"평리위안인데 시 부주석이 괜찮으면 통화를 하고 싶다고 해서요."

"그래?"

이진은 서재로 가 전화를 받았다.

"오랜만입니다, 부주석님!"

(하하하! 이 회장도 잘 지내시죠?)

몇 마디 인사가 오갔다.

(다름이 아니라 화웨이 회장이 개인적인 부탁을 해서요. 꼭 통화를 하고 싶다고요.)

"아, 그랬군요."

이진은 이미 시진핀이 부인까지 앞세워 통화를 시도한 이유를 알고 있었다.

화웨이 회장 런정페이가 시진핀에게 부탁한 것이 확실했다.

전화를 받지 않은 이유를 알 텐데도 방법을 달리해서 연락을 시도한 것.

'건방지네.'

이진의 생각은 그랬다.

화웨이가 연락을 시도한 이유는 뻔했다.

SD텔레콤, 그리고 AT&T와 버라이즌 같은 미국 통신 업체와의 거래를 이진을 통해 성사시키려는 것.

아마도 이제 준비 중인 4G 기반 서버, 라우터, 중계기 시장을 장악하려는 의도로 보인다.

그런데 그런 거래를 위해 SD텔레콤이나 AT&T가 아닌 테라에 연락을 하는 것은······.

이미 자신이 그들과는 레벨이 다르다는 표현이나 마찬가지였다.

이진은 시진핀에게 말했다.

"부주석님!"

(예. 듣고 있습니다.)

"화웨이를 지나치게 밀어주다 만약 암초를 만나게 되면 중국 첨단 사업이 어떻게 되겠습니까?"

(지나치게 독점적이란 말씀인가요?)

기분 나쁜 말일 텐데 시진핀은 덤덤하게 받았다.

"아니요. 그건 미국 정부와의 문제이지요. 단지 화웨이가 지나치게 외형을 확장하는 것이 위험해 보이네요."

(하하하! 걱정 마십시오. 화웨이 역시 뉴욕 상장을 추진하고 있으니까요.)

그러나 상장은 못한다.

화웨이는 군부 및 정치권과 지나친 밀착 관계를 가지고 있다.

그게 걸림돌이 되는 것이다.

그런데 그렇게 상장을 시도하던 런정페이는 2014년에 가서 개풀 뜯어먹는 소리를 한다.

어쨌든 지금 나중에 일어날 일을 말할 수는 없었다.

"그러셨군요. 부주석님이 이렇게 권하시니 한번 만나 보지요."

(고맙습니다. 언제 한번 베이징에 오세요.)

이진은 그러마고 말한 후 통화를 끝냈다.

시진핀에게 또 빚을 지운 것이니 나쁠 것은 없었다.

그리고 화웨이.

상장을 하지 못한다.

나중에는 포기한다.

런정페이는 여러 가지로 그 이유를 설명했다.

그중 유독 이전 박주운의 기억에 남아 있는 말이 세 가지 있었다.

'10년 단위로 미래를 설계하기 때문에 상장을 고려하지 않고 있다.'

'화웨이가 상장하지 않으면 세계를 호령할 수도 있다.'

'돼지가 살이 잔뜩 찌면 먹을 것을 달라고 꿀꿀거리지 않

습니다.'

 상장을 시도했으면서 하는 말치곤 앞뒤가 맞지 않는다.
 첫째는 아주 그럴듯한 모범 답안이다.
 둘째는?
 미 연방 준비제도 이사회를 구성한 세 가문처럼 야욕을 드러낸다.
 그리고 세 번째는 더 기가 막힌다.
 사원들을 돼지에 비유한다. 상장을 해서 회사에 백만장자들이 생겨나면 그들이 더 열심히 일하겠느냐는 말을 돼지에 빗대어 한 것이다.
 다른 런정페이의 어록은 다 공허했었다.
 그의 마인드가 어떤지 핵심은 이미 다 알고 있는 이진.
 경영 세습도 없다면서 딸 멍완저우가 차기 후계자로 거론된다.
 이진의 생각에 화웨이는 불공정한 성장을 하고 있었다.
 대다수 중국을 대표하는 기업들 역시 마찬가지.
 다른 나라의 불공정한 정부 지원에 대해서는 자유 무역 정신에 어긋나는 행위라고 비난한다.
 그러나 정작 자신들의 불공정한 거래는 합당하며 당연한 조치라고 우기는 중국의 대국다운(?) 풍모.
 그 핵심에 시진핀이 있다.

런정페이는 가만히 둬도 망할 각이었다.

딸 이령이 그린 도면이 현실화된다면 말이다.

다음 날 아침.

이진은 테라전자 사장 강우신과 테라SD텔레콤 사장 이병주를 소환(?)했다.

아침부터 불려 온 두 사람.

이진은 단도직입적으로 4G 상용화 진척 상황과 장비 시장 상황을 파악했다.

"문제가 많습니다."

"어떤 문제요?"

이병주 테라SD텔레콤 사장은 4G 철수에 대해 난색을 표했다.

그럴 만도 했다.

이미 4G에 투자한 금액이 상당한 것이다.

게다가 유럽 시장의 통신 서버 같은 장비들의 화웨이 점유율은 생각보다 높았다.

가격이 덤핑 수준이다.

그냥 바꿔 주는 대신 다음 장비를 구매하는 조건을 내세우는 것이다.

아마 런정페이는 그런 혜택(?)을 테라SD텔레콤과 미국 주요 통신사들에 제공하는 문제로 미팅을 하자고 했을 것이다.

특히 미국 시장 문제를 의논하고 싶어 할 것이 분명했다. 밖에서 보면 한국 시장은 사실 규모면에서 너무 작았다.

"4G 장비, 특히 라우터와 서버가 이미 상당 부분 장착되었습니다. 7월에 이미 수도권은 상용화가 되었습니다."

"다행이지만 아직 국내에는 화웨이 장비가 설치되진 않았고요."

이병주 사장의 대답에 강우신이 보탰다.

한발 늦었다.

조금만 빨랐더라면 아예 4G를 포기하고 5G를 넘어서는 신기술로 갈 수 있었을 텐데…….

하지만 그렇다고 해도 달라질 것은 없었다.

"일단 추가 장비 생산과 설비를 지연시키시죠."

"대책 없이 그렇게 하면 경쟁력이 상당히 떨어질 텐데요?"

이병주 사장이 의문 가득한 눈빛으로 반문했다.

표정도 굳어진다.

대주주가 약속과는 달리 경영에 지나치게 세세히 개입한다고 생각하는 것이다.

그러자 다시 강우신이 돕고 나섰다.

"신기술이 있다면 달라지겠지요."

"신기술이요?"

이병주 사장이 되묻는다.

"예. 신기술이 있어요. 그리고 그 신기술을 제가 가지고 있습니다. 4G를 적어도 10배는 뛰어넘을 기술이에요."

"세상에……. 만약 그게 사실이라면 환경은 완전히 달라지지요. 모두 4G에 올인한 상태이니까요."

"거기다 이미 연구 개발에 들어갈 돈만 해도 어마어마한 상태이고요."

이진이 다시 핵심을 짚었다.

"문제는 베끼지 못하게 하는 겁니다."

"하지만 그게 쉽지는 않을 텐데요?"

물론 쉽지 않다.

신기술이 시장에 나가면 경쟁 업체들은 가장 먼저 사다가 분해해 기술을 파악하니 말이다.

가능성만 보여도 그렇게 한다.

특히 화웨이는 아예 실리콘밸리의 연구 개발 단계부터 개입한다고 봐야 했다.

이진이 말했다.

"연구 시설은 평택에, 생산 시설은 일단 에티오피아에 지읍시다."

"에티오피아요?"

"예. 에티오피아 정부의 협력 아래 우리가 완전한 통제를 할 수 있을 겁니다."

복안이었다.

한국에 생산 시설을 짓고 싶다.

그러나 그렇게 되면 기술 유출이 쉬워진다.

미국도 마찬가지다.

화웨이는 이미 서유럽, 동유럽은 물론 미주 실리콘밸리 및 대학들에 막대한 자금을 투입하고 있었다.

그 이유는 뻔하지 않은가?

한마디로 발 안 뻗어 놓은 곳이 없다.

모두가 연구 개발을 지원하는 목적이라지만, 사실은 신기술을 차지하려는 의도였다.

그러나 에티오피아는 다르다.

현재 에티오피아에 있는 중국인이래 봐야 3천 명 정도.

투자는 방직 공장 합작 투자에 2,000만 달러, 의약품 제조 공장에 900만 달러 규모다.

그리고 사회 기반 사업 건설에 투자한 것이 전부다.

3천만 달러에 대형 건설 회사 하나면 중국과 동등한 투자 조건.

이미 테라 유니버스가 투자한 돈으로도 에티오피아 정부는 중국보다는 테라를 택할 것이 분명했다.

문제는 군사 교류와 군사 장비였지만, 이 역시 미국 국방부와 충분히 협의가 가능했다.

그렇게 되면?

에티오피아 정부는 거의 모든 권한을 테라에 줄 수 있는 환경.

완벽한 보안을 자체적으로 유지하기 훨씬 용이한 곳이 바로 에티오피아였다.

"하지만 그러면 한국 정부와 미국 정부에서 말이 많을 텐데요?"

"당연하죠. 거기도 꿀을 줘야죠. 한국 정부야 연구소와 원천 기술 특허료가 들어올 테니 상관없고, 미국은 군사 장비를……."

이진은 그렇게 말하다가 말을 끊었다.

강우신이 의아해한다.

"푸첸이 싫어할까요?"

"하하하! 그럴 수도요."

"러시아도 솔직히 화웨이를 좋아하진 않을 거예요."

"그렇긴 할 겁니다."

이병주 사장 역시 웃었다.

"제가 시스코, 보더폰, 버라이즌, 도이치텔레콤, 노키아, 모토로라 지분을 확보할 겁니다."

"암바니와도 친하시죠?"

강우신이 물었다.

암바니 가문이 인도 최대 통신 회사를 보유하고 있다.

대다수 통신 회사들의 지분을 확보하겠다는 뜻.

이진이 고개를 끄덕인다.

다시 이병주 사장.

"그러시려면 막대한 자금이……."

"제가 누굽니까. 저 아직 돈 많아요."

이병주 사장은 이진의 말에 웃어야 했다.

강우신이 넘겨받았다.

"그렇게 해서 신기술을 적용한 통신망을 구축하면 화웨이는……."

망할 것이다.

건지는 것 없이 무상으로 제공한 장비 손실부터 시작해 경쟁력을 완전히 상실할 것이니 말이다.

강우신이 말문을 열다 끊자 이진이 웃으며 말했다.

"그럼 어쩔 수 없이 런정페이는 내가 만나야겠네. 동등한 기회는 줘야죠."

"기회라뇨?"

"기업 공개를 하면 화웨이도 사업 파트너가 될 수 있지 않겠어요?"

"화웨이가 상장을 하면요."

"지분을 확보해야죠."

아주 간단명료하다.

돈으로 사겠다는 뜻이나 사실 다를 바가 없었다.

"상장하겠군요."

"……."

이병주 사장은 화웨이가 상장할 것이라고 단언했다.

그러자 강우신 역시 끄덕인다.

하지만 이진의 생각은 달랐다.

화웨이는 상장하지 않을 것.

그 선택은 화웨이의 몫.

상장하고 파트너가 되든가 아니면 망하든가 둘 중 하나였다.

이진은 곧 개략적인 계획을 두 사람에게 알렸다.

그리고 곧바로 모든 금융 시장에서 통신 관련주들을 매입하기 시작했다.

신기술을 위한 통신 시장 장악에 이진은 2개의 테라 비밀 자금을 사용하기로 했다.

그리고 다시 3개의 비밀 계좌 역시 오픈을 해 두었다.

이로써 19개의 계좌 중 9개가 갈 길을 찾았다.

2011년 10월 9일.

독일과 프랑스 정부가 유동성 위기를 겪고 있는 유럽의 은행들을 구제하는 데 합의했다.

2011년 10월 11일.

위안화 절상 압력 법안이 통과되어, 미국 상원이 절하된 위안화의 가치를 높이라고 중국 정부에 요구했다.

이어 테라에도 위안화 절상에 압력을 가해 달라는 요청이 들어왔다.

이어 한미 자유무역협정이 미국 의회를 통과했고, S&P가 스페인 등 유럽 국가들의 신용 등급을 줄줄이 조정했다.

이진은 10월 20일 상하이를 비밀리에 방문했다.

포시즌 상하이에 여장을 푼 이진은 곧바로 시진핀과 런정페이를 마주했다.

"이렇게 방문해 주시니 정말 반갑습니다. 그동안 애타게 연락드렸습니다."

런정페이가 뼈 있는 말로 인사를 했다.

이진은 아무 말 없이 런정페이의 손을 잡았다.

이어 시진핀과 악수를 한 이진.

셋이 자리에 앉자 이진이 말문을 열었다.

"통역은 필요 없습니다."

다 나가라는 말이었다.

배석했던 통역과 보좌관들이 시진핀과 런정페이의 눈치를 살폈다.

시진핀이 고개를 끄덕이자 수행원들이 일제히 빠져나갔다.

이진은 능숙한 북경어를 구사했다.

"그동안 내부적으로 바쁜 일이 많아 인사를 못 드렸습니다."

"그러셨군요. 여기 시 부주석님도 그러시고, 저도 직접 뵙기를 기다렸습니다."

차를 내온 호텔 직원까지 나가자 곧바로 담소가 시작되었다.

"에티오피아에 대규모 투자를 하실 계획이라고 들었습니다만……."

"예."

시진핀의 말에 이진은 단답형으로 대답했다.

"우리 중국에 투자를 하시면 더 좋았을 것을요. 아무래도 에티오피아는 기반 시설이 부족할 텐데요?"

어느 분야에 투자를 하려는지 묻는 것이다.

그리고 중국으로 돌리면 많은 혜택을 주겠다는 뜻도 포함되어 있다.

그러자 이진이 런정페이에게 말했다.

"아이 임마가 구호물자를 생산할 기지를 짓는 사업을 유니세프와 시작했습니다."

이진은 이미 알려진 내용만 간략하게 대답했다.

그러고는 곧바로 런정페이에게 물었다.

"부주석님께서 많이 권하셔서 자리를 만들긴 했는데…….

길들이기 • 267

저와 회장님이 의논할 사안이 있을까요?"

"하하하! 당연히 있지요. 사실상 따지고 보면 회장님이 다수의 글로벌 통신 회사의 지배 주주나 마찬가지 아니십니까?"

"그 문제라면 CEO 분들과 의논하시는 것이……."

"하하하! 통 크게 회장님이 결단을 내리신다면 더 좋은 일 아니겠습니까?"

"그 말씀은 4G 장비 문제를……."

"예. 그렇습니다. 아시다시피 우리 화웨이가 통신 장비 기술면에서는 이제 세계 수위권에 올라서고 있습니다."

시진핀은 슬그머니 물러나고 런정페이가 대화를 주도해 나갔다.

거기서부터 이진은 그냥 듣기만 했다.

한참 동안 런정페이가 통신 장비 이야기로 열을 올릴 때, 문이 열리며 오민영이 안으로 들어왔다.

그리고 이진에게 귓속말로 속삭인 후 나갔다.

"부주석님은 나가 보셔야 할 것 같은데요?"

"예?"

이진의 말에 시진핀이 약간 당황한 표정으로 물었다.

이진이 슬그머니 나직한 목소리로 대답했다.

"아마 카다피 신상에 변고가 생긴 것 같습니다."

"카다피라면 무하마드 알 카다피 말입니까?"

"예."

이진의 말에 시진핀이 곧바로 자리에서 일어섰다.

이진은 미리 알고 있었던 일이다.

그걸 계획에 넣어 두고 날짜를 잡은 것.

시진핀이 황급히 자리에서 일어나 밖으로 나갔다.

그러자 런정페이가 물었다.

"카다피에게 무슨……."

"반군에게 생포된 후 사살됐다는군요."

아직 누구도 알지 못하는 정보.

"아! 정보력이 대단하십니다."

"별말씀을요. 그럼 우린 본론으로 들어갈까요?"

"예."

"사실 전 오늘 여기 오면서 회장님께 한 가지 제안을 드리려고 마음먹었습니다."

이진이 손깍지를 끼며 말했다.

"말씀하시죠."

"기업을 공개하십시오. 그럼 제가 회장님 말씀대로 화웨이 장비 도입을 추진하겠습니다."

"……."

기업 공개란 말에 런정페이의 안색이 살짝 굳어졌다 펴졌다.

이진이 다시 말했다.

"유럽이나 한국, 그리고 미국에 우리 테라가 지분을 가진 통신 회사들은 4G 장비 본격 도입을 지금 선에서 늦추게 될 것입니다."

"늦추신다고요?"

이해할 수 없는 말일 것이다.

막대한 자금을 투입해 물건을 사들인 후 쓰지 않겠다는 말이나 마찬가지였으니 말이다.

그리고 그게 진짜라면?

어쩌면 화웨이에게 큰 기회가 될 수도 있다 여길 것이다.

이진은 런정페이가 그렇게 생각하기를 바랐다.

"하지만……. 이유가 있습니까?"

"제가 듣기로는 4G 기술은 아직 해결해야 할 문제가 많다고 들었습니다."

런정페이의 표정은 더 의아해졌다.

그리고 이진을 평가하기 시작한다.

'이쪽으로는 잘 모르고 조언자가 없나?'

그렇게 생각할 만했다.

그러나 런정페이가 곧바로 이진에 대한 평가를 내릴 리는 없었다.

상대는 세계 최대 부자이자 투자자.

어렸을 때부터 천재로 알려졌으니 말이다.

기본 이상의 조사를 했을 것이다.

"이미 세계 통신 시장은 4G로 길을 잡았는데 그렇게 말씀하시니……."

"물론 저도 그렇게 알고 있습니다. 그러나 4G로 벌어들일 실익에 비해 투자가 너무 막대합니다."

이진이 속마음을 그대로 드러냈다.

한마디로 돈이 너무 많이 든다는 말.

이만하면 속아 줄까?

사실 이런 협상에서 이런 식으로 노골적으로 말하는 경우는 드물다.

통상적으로 의사를 전달하는 수준에서 끝내야 한다.

그러나 이진은 결론을 아예 까놓고 말하고 있었다.

런정페이는 잠시 당황하는 듯했지만 곧 미소를 지었다.

사람을 잘못 봤고, 그렇게 된다면 오히려 화웨이가 기술적 지위를 한층 높일 기회라 여기는 것.

"그럼 3G를 유지하면서 향후 4G로의 전환을 고려하시겠다는 말씀이십니까?"

"제 생각은 그렇습니다. 물론 저희야 대주주이니 경영진의 판단이 더 중요하겠죠."

"아, 그렇겠군요."

말려들었다는 판단이 섰다.

아마 런정페이는 이진의 지분이 4G로의 전환에 제동을 걸 것이라는 걸 확신했을 것.

그렇게 되면?

화웨이는 4G 기술력과 중국 정부 지원을 바탕으로 경쟁 없이 황금 시장을 독식할 수 있다고 판단했을 것이다.

그리고 테라가 대주주나 2대 주주로 있는 회사들은…….

노키아나 모토로라의 실패를 답습할 것.

런정페이는 그렇게 확신할 것이 분명했다.

런정페이는 곧바로 물러섰다.

더 이상 장비 문제나 투자 이야기를 꺼내지 않았다.

사실 런정페이가 돈이 없어 이 자리에 나온 것은 아니니 당연했다.

'노키아와 모토로라면 좋은데?'

정말 런정페이는 그렇게 생각하고 있었다.

그러나 그건 그만의 생각.

이진은 이미 망해 가는 노키아와 모토로라는 물론 HTC의 지분까지 확보하고 있었다.

아무튼 이진이 보기에 런정페이는 자신의 생각을 절대 남에게 보이지 않는 스타일.

만식이가 공격적으로 보인다면 런정페이는 음흉해 보였다.

더 이상 장비 투자 문제를 꺼내지 않으면서도 마치 아쉬워하는 것처럼 화제를 돌린다.

"우리 화웨이도 기업 공개를 이미 추진하고 있습니다."

"그러셨군요. 그렇게 되시면 아마 좋은 파트너가 될 것입니다."

"하하하! 그랬으면 하는데……. 미국 정부가 정치적인 문제로 나스닥 상장을 불허하는지라……."

이진이 마치 화웨이가 상장하면 곧바로 투자할 것처럼 말하자, 런정페이가 정치적 이유를 들며 슬그머니 물러났다.

가만히 있을 이진이 아니었다.

"그런 문제라면 제가 도울 수 있는데요?"

"아! 아닙니다. 우리 화웨이 일을 테라에 맡길 수는 없지요."

그럴 줄 알았다, 이놈아!

이진은 속으로 그렇게 말해야 했다.

사실 상장할 생각이 없다.

상장을 하려면, 더구나 다우나 나스닥에 상장하려면 까다로운 심사가 이루어진다.

투명하지 않은 화웨이가 그걸 통과하기는 쉽지 않다.

배 속에 든 것까지 까발리면서 상장을 추진할 리는 없다.

"그럼 화웨이가 상장될 때만 기다리겠습니다."

"감사합니다."

뭐, 감사까지야…….

어쨌든 상장하면 득달처럼 달려들 것처럼 이진이 말했다.

그리고 런정페이는 그럴 일은 없을 것이라고 말한 것이나 다름없었다.

더 이상 둘 다 할 말이 없었다.

화웨이는 기업 공개를 안 할 것이고, 곧바로 통신 장비 시장 세계 1위로 올라설 궁리를 하게 될 것이 분명했다.

그럼 만사 오케이였다.

뒤처진 기술에 사활을 걸면 그 결과는 빤하다.

중국 정부도, 화웨이도 항복하지 않을 수 없을 것.

그들이 꿈을 꾸는 동안 이진은 더 혁신적인 기술을 바탕으로 세계 통신 시장을 장악할 생각이었다.

그 중심에는 테라 유니버스가 설 것이고 말이다.

이후로는 비교적 단순한 문제들과 전망들이 이야기됐다.

런정페이와 악수를 하고 헤어지고 잠시 후, 이진은 시진핀과 마주 앉았다.

파격적인 말을 먼저 꺼내는 이진.

"1, 2년 후면 국가 주석이 되시지 않겠습니까?"

"하하하! 이 회장이 내 얼굴에 금칠을 하는군요. 그러나 아직 넘어야 할 산이 많습니다."

시진핀은 담담하게 웃으며 말했다.

"그렇게 되실 겁니다."

"면담은 어땠습니까?"

시진핀이 런정페이와의 면담 결과를 물었다.

"회사 공개를 제안했습니다. 적어도 기업 경영이라는 것은 투자자에게 투명해야 하니까요."

"뭐라고 합니까?"

시진핀이 다시 물었다.

"공개를 위해 노력하시겠다고 하더군요. 기업 하시는 분이니 약속을 지키시겠지요."

"…그럴 겁니다."

시진핀의 목소리가 기어들어간다.

적어도 이진이 듣기에는 그랬다.

"화웨이를 지나치게 지원하시는 것은 아닐까요?"

"하하하! 그렇게 보입니까? 하지만 우리 중국 정부는……."

이제는 우리 중국 정부가 되었다.

시진핀은 권력 투쟁에서 살아남기 위해 몸부림치던 그 시진핀이 아니었다.

입장이 달라졌음을 은연중 시사하는 것이다.

이미 시진핀은 베이징 권력의 중심에 발을 디뎠다.

하지만 그의 말처럼 여전히 넘어야 할 산도 많았다.

"보시라이도, 천량위도 아직 건재한데 너무 앞서가시네요."

"하하하! 젊으신데도 참 대범하십니다."

얼핏 들어도 기분 나빠할 말이 이진의 입에서 나왔음에

길들이기 • 275

도 시진핑은 얼굴 표정 하나 변하지 않았다.

대신 얼굴을 바짝 들이민다.

이진이 물었다.

"누가 더 문제입니까?"

"당연히 보시라이지요."

"그 아버지에 그 아들이로군요."

"허! 우리 공산당 내부를 이 회장은 손바닥 들여다보듯 하는군요."

시진핑이 혀를 찼다.

이진은 보시라이의 미래를 안다.

그리고 과거 전력도 알고 있었다.

보시라이가 문화대혁명 당시 홍위병일 때, 아버지가 반동으로 몰리는 바람에 그의 출셋길이 막힐 뻔했다.

순식간에 반동 혈통이 된 것.

그러자 보시라이가 보인 행동은 그야말로 패륜적이었다.

홍위병들이 보는 앞에서 아버지를 두들겨 패 갈비뼈 2개를 부러뜨린 것이다.

막장이자 패륜이 아닐 수 없었다.

그런데 그 이후가 더 막장이다.

그 와중에 아들에게 두들겨 맞은 보시라이의 아버지는 이렇게 생각하며 기뻐했단다.

'내 아들이 제대로 정치인의 자질이 있구나.'

떠도는 가짜 이야기일 수도 있다.

그러나 아예 없는 말도 아니었다.

이진은 넌지시 시진핀을 바라보았다.

마음만 먹으면 눈앞에 앉아서 개폼 잡고 있는 시진핀의 앞날을 막을 수도 있다.

미래를 안다는 것도, 뒤를 받쳐 주는 돈과 권력이 없다면 아무 짝에도 쓸모가 없다.

그러나 이진에게는 그게 있다.

"사실 난 부주석님을 당장 물러나게 할 수도 있습니다."

"……."

"지금 부주석님 자리는 장쩌민 전 주석과 후진타오 주석의 권력 다툼 때문에 생긴 자리이지요."

그랬다.

국가 부주석에까지 올랐지만 그건 전, 현직 두 권력자들의 싸움 속 중간에 끼어 있기 때문이었지, 그가 후계자란 의미는 아니었다.

원래 장쩌민이 차기 주석으로 삼으려던 인물은 천량위.

천량위가 실각한 이후 보시라이가 뜨자 보시라이를 주석으로 삼으려는 것이 장쩌민의 생각이었다.

후진타오의 입장도 다르지 않다.

정곡을 찌르는 이진의 말에 시진핀이 간신히 입을 열었다.
"워싱턴도 아는 이야기이지요. 그럼 제가 어떻게 하면 되겠습니까?"
"제가 중국 정치권의 일까지 개입할 수는 없지요. 전 사업가입니다."
이진은 선을 그었다.
암묵적인 의견 일치가 이루어졌다.
"좋습니다. 원하시는 게 뭡니까?"
"특별한 것은 없습니다. 다만 우리 테라가 앞으로 할 비즈니스에 중국 정부가 락(Lock)을 걸지 않기를 바랍니다."
별것 아닌 것처럼 말하지만 사실 엄청난 일이기도 했다.
시진핀이 망설인다.
"물론 특혜를 달라는 게 아닙니다. 공정한 경쟁을 보장해주셔야 합니다. 주석이 되시고 나서 말입니다."
"내가 주석이 되고 나서요?"
"이미 주석이 되신 것이나 다름없으신데요."
이미 국가 주석이 된 것처럼 말하는 이진.
시진핀은 경이롭다는 표정을 짓는다.
시진핀의 인생 목표.
그건 바로 중국 국가 주석이다.
겉으로 보이는 이미지와는 달리 그게 가능하다면 무엇이든 할 사람이었다.

남들이 보기에는 튀지 않고 내성적으로 보였지만, 안으로는 거대한 야망을 품고 있었다.

그러나 이진에게는 이것 또한 거래였다.

"지난번에 드렸던 것들은 이미 유효 시간이 지났을 것이고……. 오 비서!"

이진이 밖에서 대기하고 있는 오민영을 불러들였다.

오민영이 들어와 준비하고 있던 서류를 내민다.

이진은 서류 봉투를 받아 그걸 시진핀에게 넘겼다.

그 안에는 충칭 시위원회 서기 보시라이가 추진하는 창홍타흑(唱紅打黑)에 대한 비리 내용이 들어 있었다.

'타흑'이란 부패한 자를 몰아낸다는 뜻.

그리고 창홍은 옛 경전을 익히고 공산당 문화를 부흥시키겠다는 뜻.

쉽게 말해 문화대혁명의 짝퉁이 바로 창홍타흑이다.

그리고 그걸 추진하는 과정 속에는 축재와 편법, 탈법이 난무했다.

서류를 열어 본 시진핀.

바로 놀란 눈으로 이진을 바라보더니 다시 서류를 살피기 시작한다.

"왕리쥔이 키를 쥐고 있습니다."

"왕리쥔이라면 보시라이 심복 아닙니까?"

왕리쥔은 몽골족 출신의 보시라이 쪽 핵심 인물.

길들이기 • 279

그러나 암중으로 중국 정치권은 이른바 변방 소수민족 출신들을 좋아하지 않는다.

"영원한 심복은 없지요."

이진은 담담하게 대답했다.

시진핀이 물었다.

"보시라이를 왜 싫어하십니까?"

"생각이 있는 사람이라면 포퓰리즘이 어떤 결과를 낳는지는 다 아니까요."

이진이 대답했다.

타흑창홍은 포퓰리즘이다.

보시라이는 이를 실천한다면서 자기 충칭 지역 방송에서 광고를 금지시켰다.

이게 믿어지는가?

그렇게 2011년부터 지역 방송국에서 광고를 빼고, 공산주의와 사회주의의 사상과 관련된 프로를 틀도록 지시했다.

당연히 반발에 부딪쳤다.

방송 관계자들이 광고가 다 팔렸다고 반발했지만 보시라이는 밀어붙였다.

또 보시라이는 사회주의적 가치인 분배를 강조하는 발언을 여러 차례 해서 가난한 중국 서민들에게 호응을 얻었다.

이를 위해서 저가 임대 주택을 널리 보급하기도 했다.

이것을 세간에서는 '충칭 모델', 나아가 '차이나 컨센서스'라 부르기도 했다.

그러나 이것은 일종의 포퓰리즘.

대중의 인기에 영합해 정치적 목적을 달성하려는 것에 불과했다.

이진이 보기에도 보시라이가 시진핀보다 위험해 보였다.

물론 중국이 망하면 나쁠 것은 없다.

하지만 현재 세계 경제 시스템하에서 거대 중국이 망한다면 한국이라고 무사하겠는가?

충격을 흡수해야 한다면 그래야겠지만 적을수록 좋았다.

"그 말씀에 동의합니다."

"경제는 자유롭게 가야죠. 난 그렇게 주석님을 믿을 겁니다."

이진은 아예 시진핀을 주석이라고 불렀다.

지나친 오버라고?

네버.

누가 그렇게 말하느냐에 따라 모든 판단은 달라지는 법.

시진핀이 일어나 웃으며 이진의 손을 집었다.

에티오피아의 수도 아디스아바바 인근의 아디스아바바

볼레 공항.

주변은 모두 통제되었고 무장 병력이 배치되었다.

이어 에티오피아 주요 정부 인사들이 줄줄이 나와 도열했다.

의장대가 배치되었으며 삼엄한 검색이 이루어졌다.

도착 예정인 사람은 다름 아닌 이진과 가족들이었다.

에티오피아 정부는 이진과 일가족을 국빈으로 예우한다고 발표했다.

이미 어마어마한 투자 약속이 오갔고 서명만을 남겨 두고 있었다.

에티오피아의 GDP는 500억 달러를 오락가락하는 상태.

그런데 테라가 약속한 투자 금액은 그 GDP의 10배에 달했다.

물론 장기 투자.

그러나 초기 투자만 해도 1년 GDP와 맞먹을 것이 확실해지자 에티오피아 정부는 양팔을 활짝 벌린 채 이진을 환영했다.

전용기가 도착하자 에티오피아 정부군이 아닌 다른 보안요원들이 중무장한 채 전용기를 포위했다.

전 과장이 책임지고 진행해 온 군산 복합체 TX 병력이었다.

전 과장이 공식적으로 테라 소속이란 것을 아는 사람은

드물다.

　가족 중 할아버지 이유를 제외하고는 누구도 전 과장이 어떤 일을 하는지를 정확히 알지 못했다.

　메리 앤 역시 마찬가지다.

　TX 역시 테라-X라는 의미였지만, 그걸 아는 사람도 이진과 전 과장 외에는 없었다.

　전용기가 도착하고 게이트가 설치되자 이진이 모습을 드러냈다.

"어서 오십시오, 회장님!"

"수고 많으셨어요."

　전 과장의 인사에 이진이 대답했다.

　이진으로서는 가슴이 뛰는 날이 아닐 수 없었다.

　에티오피아에 투자하게 돼서?

　가족들과 함께 에티오피아 여행을 와서?

　딸 이령이 설계한 신기술 사업을 추진할 생각에?

　그것들도 충분히 기쁜 일이긴 했다.

　그러나 아니었다.

　그보다 더 가슴 떨리게 하는 일이 있었다.

　기록에 따르자면, 영조 말 이진의 조상은 총 3명의 수행 아래 어머니의 품에 안겨 조선을 탈출했다.

　영조가 내린 이름은 이경(李京).

　어차피 죽지 않아도 평생 서울은 구경할 수 없을 것이라

이름으로라도 구경하라고 그랬다나?

어쨌든 모든 절차와 형식을 무시하고 갓난아이에게 경(京)이란 이름을 내렸다.

어머니 한 씨는 아들을 데리고 무신인 전 씨, 그리고 문신인 오 씨와 여종 월주를 거느리고 조선을 떠났다.

어머니 한 씨는 당연히 영조만 그리워하다가 죽었다.

그게 그리워할 상황이었을까?

아무튼 어머니 한 씨는 왕가라는 자존심 하나로 온갖 시련을 견뎌 낸 것만은 확실했다.

그러나 오 씨와 전 씨, 그리고 여종 월주는 혼인을 했다.

그리고 대대로 자손이 번성했다.

참 아이러니한 일이 아닐 수 없었다.

이스트사이드 저택을 책임지던 오 집사장은 이들 중 문신 오 씨의 후손인 것이다.

이들은 지금도 죽으면 모두 웨스트버지니아 테라 묘역에 묻힌다.

그래서 오경석 집사장 역시 그렇게 조치한 것이다.

오씨 가문과 전씨 가문, 그리고 월주의 후손은 모두 테라 가문의 지원을 받았다.

한 해에 꼬박꼬박 엄청난 금액의 돈을 받아 간다.

이자로 들어오는 자금 중 상당 부분은 지금도 이들에게 지급된다.

하지만 지금까지 대대로 한 집안에서 한 명씩만 테라에 소속되어 일했고, 나머지는 전혀 다른 삶을 살고 있었다.

심지어 테라와 관련된 어떤 일에도 관여하지 못했는데, 그 이유는 이경의 유지 때문이었다.

'대군이 둘 이상 태어나지 않으면 한 집안에서 한 명 이외에는 가문에 발을 들이지 마라.'

왜 그렇게 한 것일까?

어쨌든 그런 이경의 유지는 대대로 철저히 지켜졌다.

어쩌면 가문이 신하(?)들에 의해 좌우되는 걸 막으려 했을지도 모른다.

아니면 유사시를 대비한 방책이었을지도…….

어쨌든 그런 유지는 이진이 삼둥이를 낳으면서 의미가 없어졌다. 일가친척이 거의 없는 이진의 입장에서는 반가운 일이 아닐 수 없었다.

상황에 따라서는 천군만마를 얻은 것이나 다름없을 수도.

지금 이진은 그들을 처음 대면하려 하고 있었다.

"전하!"

제7장

보이지 않는 국가 (1)

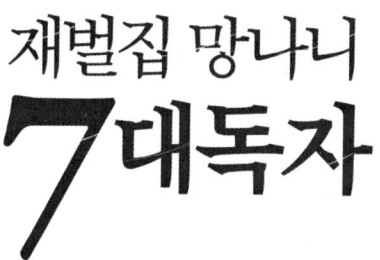

한 노인의 입에서 '전하'라는 말이 나왔다.
검정 도포를 입은 노인이 보인다.
무릎을 꿇고 앉았는데 허리를 꼿꼿이 세우고 있었다.
딱 봐도 꽉꽉하고 자긍심 높은 인물로 보인다.
전 과장과 닮은 것을 보니 그 집안 종가의 수장인 것 같았다.
그런데 고지식해 보이는 표정은 삼둥이를 발견하자마자 곧바로 변했다.
뺨에 눈물이 주룩주룩 흘러내린다.
"제 조부이자 전씨 종가의 수장입니다."
전 과장이 설명을 했다.

그러자 말없이 절을 올리는 노인.

 그리고 그 옆, 흰 도포를 입고 아예 이마를 땅에 대고 있는 노인이 있다.

 백발이 성성한데 꿈쩍도 하지 않았다.

 심지어 밑에는 어디서 구했는지 거적이 깔려 있었다.

 저런 걸 뭐라고 했더라?

 맞다. 석고대죄(席藁待罪).

 거적을 깔고 엎드려 죄를 묻기를 기다린다는 뜻.

 그보다 대체 거적은 어디서 구한 것일까?

 딱 봐도 에티오피아산은 아닌 것으로 보였다.

 아예 신고 온 모양.

 "오씨 종가의 수장입니다."

 선조 이경을 수행한 세 사람은 모두 혼인을 했고 친족들이 번성했다.

 그래서 그냥 오씨 종가, 전씨 종가라 불렀고, 이름이 없던 나인에게는 성을 붙여 주었다고 했다.

 "일어들 나세요."

 이진이 먼저 검정 도포를 입은 노인의 손을 잡아 일으켰다.

 손을 잡고 일어서는 노인은 당당한 체구였다.

 그러나 시선은 여전히 삼둥이를 살피느라 여념이 없었다.

이진은 흰 도포를 입은 자에게 손을 내밀었다.

그러나 시립한 검정 도포를 입은 노인이 발끈했다.

"아뢰옵기 황공하오나 그자는 반역을 저지른 자로……."

"하하하! 그 이야기는 나중에 하시죠. 연로하신데 이리 계시면 우리 애들이 하염없이 공항에 머물러야 합니다."

이진의 말을 들은 흰 도포의 노인이 일어섰다.

"망극하옵니다."

더 이야기를 나눌 수는 없었다.

에티오피아 총리를 비롯한 정부 요인들이 대기하고 있었으니 말이다.

이진은 악수를 나눴고, 두 노인은 곧바로 삼둥이 곁으로 갔다.

공항의 영접 행사가 끝이 나고 이진은 다시 다나킬 사막 지역으로 이동했다.

홍해에 인접한 다나킬 사막 근처에 기지창이 건설되어 있었다.

공항을 건설하느라 일부러 사막 인근 지역을 택한 것이다.

지리적으로는 나쁘지 않았다.

홍해가 멀지 않아 헬기를 띄우면 수송선에 접근하기도 용이했다.

기지창에는 이미 전 과장이 배치한 무장 병력들이 1천 명가량 주둔하며 치안과 보안, 그리고 훈련을 받고 있었다.

기지창 내 영빈관에 도착하고 나서 삼둥이는 곧바로 밖으로 뛰어나갔다.

그리고 이진은 조용한 거실에서 메리 앤과 함께 두 노인을 마주했다.

"전하와 중전마마께 문후를 여쭐까 합니다."
"저기, 어르신!"
"어르신이라니요? 참으로 듣기 민망하옵니다."
전씨 종가의 수장은 정말 깐깐했다.

보기에도 그랬지만, 말이며 행동 하나하나가 마치 조선조 때 인물 같았다.

그에 반해 오씨 종가의 수장은 말이 없었다.

얼굴에 입이 백 개 있어도 할 말이 없다고 쓰여 있었다.

"남들이 들으면 아마 나와 테라 가문이 반역이라도 꾸미는 줄 알겠습니다."
"반역이라니요? 어찌 그리 망극하오신 말씀을……."
"편안히 앉으셔야 이야기가 될 것 같습니다."
"그래요. 아니면 그만 돌아가시든가요."
메리 앤까지 나서자 두 노인은 주춤거리며 소파에 엉덩이를 걸쳤다.

전 과장이 책자 두 권을 가져다가 내민다.
"뭡니까?"
"두 가문의 족보입니다. 워낙에 숫자가 많다 보니 족보로 확인하시는 것이 편하실 겁니다."
딱 거기까지 이야기할 때.
"네 이놈!"
화들짝 놀라는 메리 앤.
전씨 종가 수장이 전 과장에게 소리를 지른 것이다.
"예, 큰할아버님!"
"감히 어느 안전이라고 말투가 그리 천박하더냐?"
"그것이… 회장님께서 그것을 편하게 여기신다 하셔서……."
"아무리 전하께서 편한 것을 찾으셨다 하셔도 군신 간의 도리가 있는 것이다."
"…예. 명심하겠습니다."
"넌 그만 나가 봐."
막무가내였다.
전 과장이 이진을 바라본다.
이진은 고개를 끄덕였다.
전 과장이 나가자 곧바로 무슨 말이든 할 줄 알았는데 아니다.
아무런 말도 하지 않은 채 눈을 감고 있다.
둘 다.

이럴 줄 알았으면 할아버지를 모시고 올 걸 그랬다는 생각이 들었다.

이진은 슬쩍 양가의 족보 중 하나를 손으로 집어 들었다.

그러자 쏜살같이 입을 여는 전씨 종가의 수장.

"저희 가문은 총 24,357명이 소속되어 있습니다."

"아! 꽤 많으시네요."

"전하와 종묘사직을 위해 한 일이라고는 그저 새끼나 치는 일이었으니 망극할 따름입니다."

전씨 종가 수장의 말에 메리 앤은 고개를 돌린 채 입을 막고 있었다.

웃고 싶은데 너무 진지한 분위기이니 입술을 깨물어 가며 참는다.

"오 집사장님 가문은요?"

"집사장이 아니라 반역자입니다. 그런 자를 신성한 웨스트버지니아 묘역에 안장까지 해 주시다니요? 심히 잘못된 처사가 아닐 수 없습니다."

대답은 역시 전씨 종가 수장이 한다.

그리고 오씨 종가 수장은 그저 고개만 숙인 채 유구무언이었다.

분위기는 싸해졌다.

그때, 전 과장이 다시 여자 한 명을 데리고 들어왔다.

찻잔을 든 여자는 딱 봐도 한국인이다.

170센티미터가 약간 안 되는 키에 늘씬한 몸매를 지녔다. 게다가 상당한 미모를 지니고 있었다.

찻잔을 내려놓고는 무릎을 꿇고 앉더니 젓가락 반만 한 스테인리스 막대기를 꺼내 찻잔 안에 집어넣는다.

그러고는 색이 변했는지 확인하고 심지어 직접 먹기도 한다.

기미를 하는 것이다.

"나인이었던 월주의 후손으로 문씨 성을 하사받았습니다. 저 아이는 소영이라 불립니다."

"아!"

메리 앤이 일어나 문소영의 손을 잡아 일으켰다.

"반가워요. 몇 살이세요?"

"황공하옵니다, 중전마마! 소녀, 방년 스물셋입니다."

"정말 동안이시네요."

"망극하옵니다, 마마!"

역시 문소영의 입에서도 두 노인들처럼 옛 왕실의 존칭이 흘러나온다.

이진이 메리 앤을 바라보며 고개를 끄덕였다.

"전 그럼 나가서 아이들 살펴볼게요. 세 분이 말씀들 나누세요."

메리 앤의 말에 황급히 일어나는 두 노인.

메리 앤이 문소영을 데리고 나갔고, 전 과장도 다시 따라

나갔다.

그러고 나서 이진이 입을 열었다.

"오씨 가문은요?"

"모두 34,741명으로……. 망극하옵니다."

이진은 더 말없이 문서의 끝부분을 살폈다.

종손으로 남은 자의 이름은 전칠삼과 오시영이다.

검정 도포를 입은 무신의 후손이 전칠삼이고, 문신의 후손이 오시영인 것이다.

나이는…….

따져 보아야 했다.

둘 다 무진년생.

한참 후에야 두 노인이 1928년생임을 알 수 있었다.

여든이 넘었다.

"조부께 이야기는 들었습니다. 이리 뵈니 기쁩니다."

"망극하옵니다."

전칠삼과 오시영이 머리를 조아렸다.

"선대께서 이르기를……."

이진은 곧바로 선대의 유지를 거론했다.

경건하게 양손을 맞잡은 두 노인.

가만히 듣기만 한다.

"우리 테라에 자손이 둘 이상 태어나기 전에는 가문에 발을 들일 수 없다고 하셨지요."

"모두가 선대왕의 은덕이십니다. 무엇보다 백성의 목숨부터 살피셨음에도 오늘날 이런 일이……."

다시 오 집사장 일을 거론하는 전칠삼.

심지어 오시영을 흘겨보기까지 한다.

딱 봐도 무신 출신이었다.

그에 반해 오시영은 여전히 입을 열지 못한다.

"살피지 못한 것이라면 저와 할아버지도 자유롭지 못하지요."

"어찌 그런 망극한 말씀을……. 늘 돌보지 않음으로써 돌보셨음입니다."

이건 어디서 많이 들어 본 소리.

어느 드라마의 대사인데 아마 옛날에는 그런 말이 많이 쓰이긴 했나 보다.

맞는 말이다.

테라는 가솔들을 돌보지 않음으로써 돌봤다.

비단 돈뿐만이 아니다.

세월이 지나면서 숫자가 늘어 감에도 불구하고 단 한 번도 책임을 회피하지는 않았다.

어쩌면 지금 두 노인이 이 자리에 있는 이유도 그런 선대의 배려 때문이었을지도 모른다.

좋은 일이다.

근 5만 명이 넘는 내 사람을 얻은 것이나 마찬가지다.

테라의 가장 큰 약점은 손이 없다는 것이었다.

친척이라고는 없다 보니 사실상 한 명만 죽으면 대가 끊기게 된다.

어쩌면 그래서 박주운이었던 이진이 지금 이 자리에 있는 것인지도 모른다.

하지만 그것과 현실은 별개의 문제다.

과연 두 가문의 젊은 사람들도 테라에 충성할까?

그렇지 않은 사람들이 더 많을 수도 있었다.

그렇다고 미리 예단하고 거부할 수도 없다.

아이들을 위해서라도 이들이 테라를 인정하는 것이 좋았다.

"그동안은 세세하게 살피지 못했다면 앞으로는 좀 더 노력하겠습니다."

"망극하옵니다."

"망극하옵니다, 전하!"

다 기어들어가는 목소리로 대답하는 오시영을 다시 노려보는 전칠삼.

이진은 미소를 머금으며 말했다.

"이제 그런 금제도 풀렸으니 많은 분들이 테라와 함께하게 될 겁니다."

"혼신의 힘을 다해 충성을 할 것입니다."

"신(臣), 불충을 충성으로 보답하겠습니다."

이진이 다시 말했다.

"세상이 변했습니다. 이제 두 분 가문도 변한 세상에 발맞추어 적응을 하셔야 할 겁니다."

"신, 전가 칠삼 감히 아뢰옵니다."

이진이 다시 말하기 무섭게 전칠삼이 나섰다.

"예, 말씀하세요."

"세상에 달라졌다 하여 변한 것은 없다 사료되옵니다."

"그게 무슨 말씀이신지……."

"전하께오서는 우리 두 노인이 고지식하고 시대에 뒤떨어져 테라에 충성하겠다고 말씀 올린 것으로 여기십니까?"

전칠삼의 말에 이진은 뜨끔했다.

늙은 생강이 맵다더니 핵심을 찌른다.

"하하하! 그리 들으셨습니까?"

"예."

끄응.

이진은 속으로 앓는 소리를 내야 했다.

"소신, 세상 돌아가는 일을 누구보다 많이 안다 생각합니다. 하지만 세상에는 변하지 않는 것도 있는 법이……."

"이보시오, 전 공!"

"큼! 대역죄인 집안의 수괴는 입을 다무시게."

"어찌 전하께……."

"원래 충신만 충언을 할 수 있는 법이네. 어디서 대역죄인 주제에?"

자칫 싸움이라도 날 판.

이진이 정리를 해야 했다.

"천천히 갈 겁니다. 내 대에서가 아니라 다음 대까지 이어질 수 있는 계획을 가지고 있습니다."

"오오!"

전칠삼의 얼굴에 홍조가 피어오른다.

"그러니 두 분 가문에서 많이 도와주세요. 먼저 두 분이 화해부터 하시고요."

이진은 그렇게 짧게 말한 후 밖으로 먼저 나왔다.

두 노인이 황급히 일어났지만 따라 나오지는 않았다.

두 가문의 수장들은 대대로 서로 연락을 하며 지내 왔다.

모르지는 않을 것.

어쩌면 친할 수도 있었다.

둘 다 무진년생이니 말이다.

밖으로 나오자 안에서 목소리가 들려왔다.

"뻔뻔스럽기도 하군. 여기가 어디라고 감히?"

"자네, 전하 앞에서 꼭 그래야 하나? 내 이미 따로 석고대죄를 올리겠노라고 그리 당부했건만!"

"그럴 거면 애초에 자식 관리를 잘했어야지……."

"뭣이라고?"

"이제 와 전하께서 후사를 얻으시니 뭐 더 얻어먹으려고 온 늙은이가……."
"뭐, 뭣이라고?"
"그럼 아니야?"
"이 노인네가 망령이 들었나?"
"왜? 덤비게? 나 무신 출신이야!"
"이런 무식한……."
안에서 들려오는 목소리에 당황한 전 과장이 들어가려는 찰나, 이진이 팔을 잡았다.
"그냥 두세요. 두 분이 저렇게라도 화해를 하셔야지요."
"예, 회장님!"
이진은 걸으면서 다시 전 과장에게 물었다.
"젊은 층들은 어때요?"
"비교적 충성도가 옅은 편입니다."
"그렇겠죠."
"아무래도 시대가 시대이니만큼……."
그럴 것이다.
아마 이신이 같은 입장이었더라도 그랬을 것이다.
조상들이 그랬다고 해서 맹목적으로 충성을 하지는 않았을 것은 분명하다.
젊은 세대들…….
이진의 나이 이제 서른을 넘겼지만 박주운은 50대였다.

그때를 기억해 보면 젊은 세대들은 남달랐다.
박주운이 보는 젊은 세대들에 대한 인상은 다른 기성세대들과는 좀 달랐다.

'요즘 애들 왜 저래?'

이런 식의 생각은 해 본 적이 없었다. 단지 그들이 부러웠을 뿐이다.
만약 젊어진다면?
그래서 살아오면서 선택했던 것들을 다시 마주하게 된다면?
그래도 똑같은 선택을 하는 사람이 있다면 그 사람은 정말 인생을 잘 산 것일 게다.
부자든, 가난하든, 무슨 일을 하든 상관없이 말이다.
그게 성공한 삶일 것인데…….
"선택을 빼앗거나 강요하지는 않을 겁니다."
"감사드립니다, 회장님!"
전 과장이 고개를 숙였다.
안에서는 여전히 두 노인의 말싸움이 벌어지고 있었다.

지구에서 가장 뜨거운 땅 다나킬 대평원.

거대한 모래사막과 소금 사막이 끝도 없이 펼쳐져 있다.

그 위에 들어선 테라 유니버스는 그야말로 장관이었다.

이진은 직접 주변 인프라 점검에 나섰다.

해가 지자 석양빛을 받은 소금 사막은 마치 보석을 깔아놓은 것처럼 장관이었다.

경치만 빼고 문제는 많았다.

홍해가 가깝다는 것 외에는 여러 가지 문제가 산적해 있었다.

특히 에르타 알레 화산이 아직 활동 중이라는 것이 잠재적 위험 요인이었다.

도로망, 식수, 주변 현지인들과 해결해야 할 문제들이 산적해 있었다.

"현지인들 반응은 어때요?"

"아직까지는 우호적입니다만, 만약 생산 기지를 건설한다고 하면 반발할 수 있습니다."

"흠!"

테라 유니버스 기지창이야 그저 창고에 불과하다.

더구나 인지도가 높은 유니세프와 공동으로 사용하니 현지인들도 좋아한다.

그러나 생산 기지는 다르다.

게다가 안전하다고 확신할 수 없는 지역.

국경을 맞대고 소말리아가 있다.

해적들도 끊임없이 출몰한다.

지금 이진이 시찰 중인 곳에도 200명가량이 중무장한 상태로 경호에 나섰다.

"경계를 완전하게 하기에는 인력이 턱없이 부족합니다."

"그렇겠네요. 워낙 황량해서……."

이진도 전 과장의 말에 동감했다.

그때, 지프 한 대가 도착하더니 메리 앤이 내린다.

"애들은 어쩌고?"

"문소영 씨가 같이 놀아 줘요. 한데 정말 아름답네요."

"그렇지?"

"밤에는 좀 무섭겠다……."

미지의 땅이란 아름답지만 위험이 도사린다.

그렇다고 무턱대고 개발을 감행했다가는 역풍에 휘말릴 수 있었다.

"내일 총리를 만나면 생산 기지에 대해 제안을 할 겁니다."

"예, 회장님!"

"내가 생각을 좀 잘못한 것 같네요."

"송구합니다. 준비가 미흡했습니다."

전 과장이 황급히 머리를 숙였다.

그런 뜻이 아닌데…….

"전 과장님 이야기가 아니에요. 이곳 현지 사정에 대한 조사가 미흡했어요."

"자연 환경 보존도 그렇고, 현지인들과의 문제도 그렇고……."

메리 앤도 이진의 말에 동의했다.

"더 써야겠어요. 대규모로!"

이진의 입에서 어처구니없는 이야기가 나왔다.

현지 환경이 안 좋다고 말한 후 곧바로 추가 투자를 하겠단다.

메리 앤도 지적했다.

"해적들도 문제죠?"

"예. 아시다시피 삼호 주얼리호가 피랍된 곳이 멀지 않습니다."

이른바 아덴만 여명 작전.

청해 부대가 소말리아 인근의 아덴만 해상에서 해적에게 피랍된 삼호 주얼리호를 구출한 작전.

불과 아홉 달 전에 있었던 일이다.

지금 이진이 서 있는 곳에서 그다지 멀지 않았다.

인접한 소말리아는 기아와 전쟁에 피폐해질 대로 피폐해진 곳이다.

흔히들 어떻게 21세기에 해적질을 할 수 있느냐고 생각하지만, 소말리아의 사정을 살펴보면 충분히 그럴 만도 했다.

해적질조차도 생업의 일환이 되어 가고 있는 것이다.

"쉽게 해결될 문제는 아닙니다. 현재로서는 보안 인력을 강화하는 것밖에는……."

"알겠습니다. 내가 에티오피아 총리와 담판을 짓죠."

"예, 회장님!"

이진은 거기서 점검을 끝마쳤다.

남은 시간은 메리 앤과 소금 사막을 걷는 데이트였다.

다음 날 아침.

이진은 전칠삼, 그리고 오시영까지 조찬에 불러들였다.

"크흠! 황공하오나 겸상을 하는 것은……."

"그럼 어르신은 따로 드릴까요?"

앞치마까지 맨 메리 앤의 말에 전칠삼은 똥 씹은 얼굴이 되었다.

그러나 곧바로 얼른 자리를 차지하고 앉는다.

삼둥이들도 앉고 곧 식사가 시작되었다.

이진은 부지런히 오가던 메리 앤도 앉자 문소영도 합석을 시켰다.

"세 분이 많이 도와주세요. 하지만 테라는 강요하지 않습니다. 언제든 자유로운 선택을 할 수 있어요."

"자칫 전하의 높으신 뜻을 우매한 것들이 곡해나 하지 않을까 염려되어……."

전칠삼이 가장 먼저 나선다.

이진의 시선이 문소영에게로 향했다.

젊다.

그러니 생각과 뜻하는 바가 다를 수도 있을 것.

"전하!"

"회장으로 통일합시다."

전하란 존칭에 이진이 쐐기를 박았다.

"예, 회장님! 제가 선택한 길을 걸었고 오늘을 기다린 것입니다."

"좋아요. 그럼 메리와 아이들을 부탁할게요."

"감읍할 따름입니다."

전칠삼은 날름 회장님이라고 부르는 문소영에게 불만이 가득한 표정이었다.

그리고 오시영은 여전히 말이 없다.

"두 분도요. 하지만 누구에게든 강요하지 마세요. 이제부터 세 가문의 모든 분들은 자유롭게 테라에 들어오실 수 있습니다."

"성은이 망극… 하옵니다."

"전하의 은혜에 어긋남이 없을 것입니다."

"벌써 어긋난 주제에 무슨……."

전칠삼과 오시영은 앙숙이 따로 없었다.

그러나 테라에 대한 충성심만은 대단했다.

이진이 숟가락을 들자 식사가 시작되었다.

이령이 폴짝 의자에서 내려가 젓가락으로 전을 집어 먼저 전칠삼의 밥그릇 위에 올려놓으며 말했다.

"할아버지! 이거 드세요."

"오오오! 공주마마께서 이리……."

"저 공주 아닌데요?"

"제게는 공주마마이십니다."

"하지만 전 공주보다는 그냥 령이라고 부르는 게 좋아요."

이진은 미소를 지으며 딸 이령을 바라보았다.

아마 메리가 시킨 모양.

그러나 이령은 고집이 세다.

하기 싫은 것을 억지로 하지는 않는다.

어쨌든 삼둥이가 약간은 경색될 뻔한 분위기를 부드럽게 만들었다.

두 노인은 곧잘 삼둥이와 어울렸고, 문소영은 세심하게 살폈다.

식사가 끝이 나자 이진은 밖으로 나가야 했다.

제나위 총리가 방문하기로 되어 있었다.

어제 공항에서 만났지만 인사만 하고 끝이 났다.

아무리 이진이 거물이라도 투자하는 나라의 총리를 그렇게 대하는 것은 상례에 어긋나는 일이었다.

더구나 제나위 총리는 오랜 기간 집권한 독재자.

에티오피아는 다당제 민주주의 국가로 보이지만 실제로는 일당 독재나 마찬가지였다.

에티오피아 인민 혁명 민주 전선이 거의 모든 권력을 독점하고 있었다.

과거 한국과 별로 다르지 않다.

멜라스가 장기 집권하면서 성장률은 눈부셨다.

하지만 정치적인 면에서는 아니었다.

물이 고이면 썩기 마련.

그럼에도 정치는 고려해야지, 관여할 사안은 아니었다.

에티오피아는 어쨌든 순조롭게 권력 이양을 하게 된다.

그러니 제나위 총리를 잘 구워삶는 것이 먼저였다.

"어제는 서운하셨죠?"

"별말씀을요."

이진의 인사에 제나위 총리는 무덤덤하게 대답했다.

테라 유니버스 기지는 둘러봤지만 영빈관은 처음이라 안내를 했다.

화려하게 꾸며진 영빈관 내부에 놀라는 눈치다.

그러나 벽에 걸린 그림 한 점 앞에서 제나위 총리가 멈춰섰다.

피카소다.

테라가 소유한 것으로 '알제의 여인'들이란 작품.

테라의 비밀 계좌 중 하나는 예술품이었는데, 대부분 비밀 금고에 숨겨져 있었다.

그중 하나를 이진이 일부러 이곳에 가져다 보라고 걸어놓은 것.

"피카소군요."

"마음에 드십니까?"

"마음에 들다마다요."

"돌아가실 때 함께 가시죠."

이진의 말에 멜라스 제나위 총리의 입이 떡 벌어졌다.

"혹시 뇌물입니까?"

"선물입니다."

"선물치고는……."

선물치고는 지나치다는 말이었다.

이진이 대답했다.

"제가 이제 에티오피아에 드릴 선물에 비하면 피카소 그림은 아무것도 아니지요."

"하하하! 그럼 한번 들어 볼까요?"

이진과 멜라스 제나위 총리는 곧바로 회의실로 향했다.

안에는 오늘 아침 입국한 강우신이 기다리고 있었다.

인사를 나눈 후 자리에 앉았다.

에티오피아 정부에서는 재무장관과 외교장관, 그리고 국방장관까지 배석했다.

테라 쪽은 강우신 테라전자 사장과 전 과장, 그리고 이진이 전부였다.

모든 대화는 통역을 배제한 채 영어로 직접 이루어졌다.

이진의 기조 발언에 멜라스 제나위 총리의 입이 떡 벌어졌다.

"그럼 우리 에티오피아에 무려 500억 달러에 가까운 생산 기지 건설 투자를 하시겠다는 겁니까?"

"예. 그렇습니다."

이진의 투자 제안은 파격적이었다.

무려 60조 원에 육박하는 자금을 한 번에 쏟아붓겠다는 것이다.

이진이 덧붙였다.

"거기에 같은 규모의 기반 시설과 교육 시설, 사회복지 시설 투자를 할까 합니다."

그렇게 되면 거의 1,000억 달러다.

에티오피아 국민 총생산의 거의 두 배나 되는 금액을 한 번에 투자하겠다는 것.

강우신이 바통을 이어받았다.

"대략 20만에서 출발해 50만 명까지의 고용 효과가 발생할 겁니다. 아마 이 투자로 인해 에티오피아의 1인당 GDP는 단숨에 5,000달러를 넘어설 겁니다."

"……"

현재 에티오피아 1인당 국민 총생산은 500달러 수준.

멜라스 제나위 총리에게는 선물 정도가 아니었다.

에티오피아 역사상 가장 추앙받는 정치가로 남을 수 있는 기회나 다름없었다.

상기된 표정을 감추지 못하는 멜라스 제나위 총리.

"아울러 생산 시설 및 기지창 보호를 위해 미국 정부와 협조해 군사 교류를 지원해 드리겠습니다."

"그렇게까지요. 미국 정부에서 군사 지원만 해 주신다면……."

소말리아와의 끊임없는 국경 분쟁에 시달리는 에티오피아에는 이 부분 역시 큰 선물이었다.

큰 아웃라인이 잡히자 곧바로 실무 회담 약속을 잡을 수 있었다.

테라의 원대한 목표는 그렇게 첫발을 내디디고 있었다.

"무덤을 파는군. 뭔가 있는가 했는데 역시 어린놈이라 경험이 부족해."

성산그룹 회장실.

이만식 회장이 아들 이재희와 마주 앉아 있었다.

사촌이 땅을 사도 배가 아프다는데…….

테라에 판 회사의 가치가 날로 상승하니 속이 쓰렸었다.

전자가 올레드로 세계 1위 전자 업체로 도약하는 걸 보자 더 그랬다.

그나마 대가로 받은 유전 가격이 날이 갈수록 상승하니 다행.

이만식 회장 앞에는 아들 이재희가 앉아 있었다.

이재희는 아버지 지시로 베네수엘라에 다녀온 직후다.

먼저 테라에 대한 간단한 이야기가 오갔다.

아버지도, 아들도 입맛이 쓰다.

이만하면 개꿀이다 싶었는데……

벌통을 차 버린 기분이다.

테라가 어마어마한 투자를 에티오피아에 한다는 소식과 전자가 4G 시스템을 포기한다는 소식은 극과 극이었다.

이만식 회장은 처음으로 이진에 대한 확신을 가질 수 있었다.

경험이 부족한 것이다.

그럴 만도 했다.

누가 봐도 이미 천문학적 금액을 투자한 4G 시장을 포기하는 것은 제 무덤을 파는 것처럼 보였으니까.

"그놈, 뭔 수가 있는 긴 아닐까요?"

"무슨 수?"

장남 이재희의 말에 어이없다는 표정을 짓는 이만식 회장.

"이상하지 않습니까? SD통신, 아니 테라통신이 이미 4G에 투자한 돈이 얼만데요?"

"그래서 돈만 믿고 나대는 놈은 안 되는 거다. 망해도 그만이란 식이지."

이만식 회장의 말에 이재희는 고개를 끄덕였다.

그렇기도 하다.

지금 테라의 이진이란 놈이 넘긴 유전 가격이 개꿀인 것을 보면 놈이 실수하고 있는 것은 확실했다.

"차베스는 만났고?"

"예."

"뭐라던?"

이진에게서 받은 베네수엘라 유전 개발권과 채권은 성산의 큰 무기였다.

그러나 암초도 만만치 않았다.

베네수엘라는 석유를 모두 국유화했다.

이진이 넘긴 유전 개발권은 차베스 집권 전에 이미 확보한 것.

일단 권리는 인정받았지만 그렇다고 해서 당장 마음대로 개발할 수 있는 것도 아니었다.

여기서 국채가 큰 힘이 됐다.

"국채를 다 판다고 하니까 차베스가 펄쩍 뛰던데요?"

"하하하! 그럴 만도 하지. 가뜩이나 볼리바르 가치가 똥이니……."

아마 이진이 건네준 국채까지 국제 금융 시장에 풀리면

화폐 가치는 더 떨어질 것.

이진이란 놈이 칼을 쥐여 준 것이나 다름없었다.

고마운 놈.

"국채를 자신들이 매입해 줄 테니 정유 시설을 지어 주는 건 어떠냐고……."

"베네수엘라에?"

"예. 운영권 지분은 5 대 5로 하자더군요."

"국채 대금은 달러로?"

"아니요. 볼리바르로요. 이자까지 정확히 치르겠다고 했습니다."

흠.

이만식 회장이 생각에 잠긴다.

달러면 좋을 텐데…….

볼리바르라는 것이 마음에 걸린다.

신중하게 결정해야 할 문제였다.

"네 생각은 어떠냐?"

"볼리바르도 나쁘진 않지요. 베네수엘라 현금을 그만큼 보유하면 직접적인 압력도 가능하니까요. 문제는……."

"문제는?"

"볼리바르가 국제 시장에서 지나치게 저평가되고 있다는 겁니다. 물론 베네수엘라에서야 상관없지요."

양날의 칼이었다.

베네수엘라 내부에서는 그만큼의 현금을 확보하니 영향력을 행사할 수 있다.

그러나 국제 시장에서는 사실 별반 쓸모가 없는 것이 볼리바르였다.

'유전이 먼저지. 어차피 돈이야 제 놈들도 찍어 내는 데 한계가 있을 것이고······.'

이만식 회장의 마음은 슬그머니 볼리바르로 향하기 시작했다.

유전은 아직 팔 때가 아니다.

가격은 계속 오를 것이 확실하니까.

여기서 제대로 뽑아먹지 못하면 괜히 전자만 날린 꼴.

돈을 벌어 이진이란 놈이 포기한 4G 시장을 다시 노려 볼 만했다.

밑그림이 그려진다.

"넌 국내 전자회사 중 매물 나온 것 좀 알아봐. 돈 적게 먹히는 걸로."

"예, 아버지."

4권에 계속

1~2권
절찬 판매 중!!

어느 날 이세계로 떨어졌다.
집으로 돌아가기 위해 싸웠지만 허무하게 죽임을 당해야 했다.
그 순간 나타난 암흑신!
그와의 계약을 통해 복수할 기회를 얻었다.
나는 당연히 승낙했고, 이번에는 그것을 위해 싸우기로 했다.

1~2권 절찬 판매 중!!

2018년 대한민국 국민으로 살아가던 내가
무림이라는 이 말도 안 되는 세상에 떨어진 지 어언 30년.
알지도 못하는 세상으로 납치해
하루 이틀도 아니고 30년 넘게 무보수로 부려 먹어?
좋게 말할 때 밀린 봉급은 물론이고 퇴직금까지 다 토해 내라.

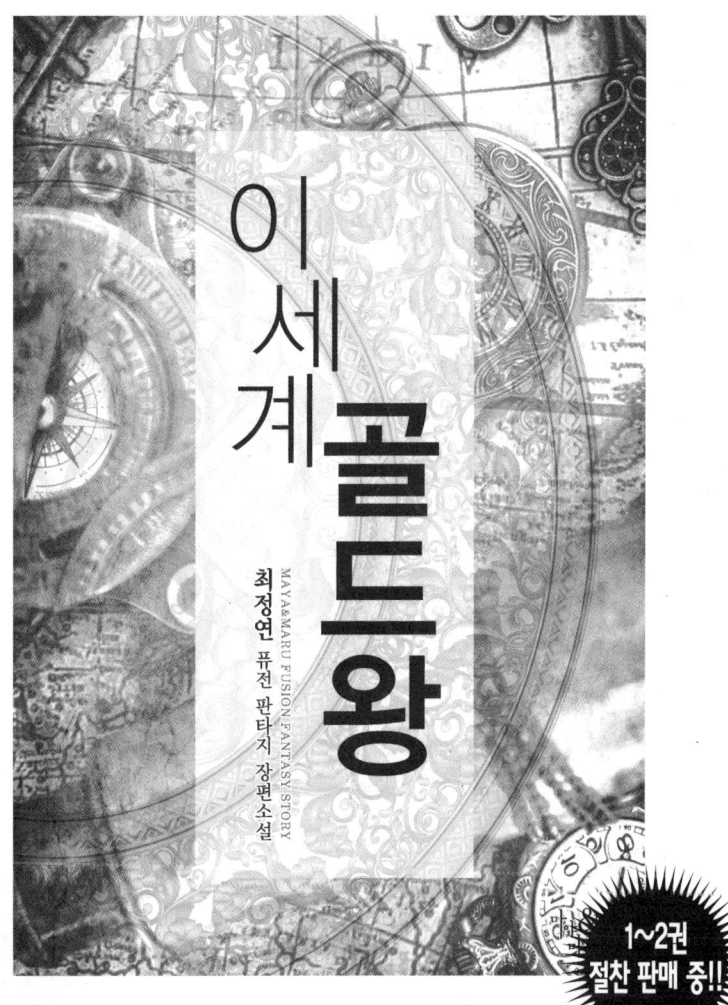

상상해 본 적도 없는 낯선 세계에 떨어지게 된 나 차영훈.
렌스란 새로운 이름으로
밑바닥에서부터 다시 삶을 시작하게 되는데!
제국 제일의 부자, 제일의 상인 골드왕이 되기 위해
오늘도 난 세상 속으로 달려간다.

가장 순수한 마력의 결정, 드래곤의 피,
그리고 100년의 시간…….
그렇게 해서 탄생한 이 세상에서 가장 순수한 존재인 엘시아.
그런 엘시아를 둘러싼 숨겨진 진실은 무엇일까.
그것을 풀어낼 엘시아의 모험이 지금 시작된다!

www.mayabooks.co.kr